8

成田良悟
Narita Ryohgo

插畫／森井しづき
原作／TYPE-MOON

Illustration:Morii Siduki
Original Planning:TYPE-MOON

Fate strange Fake

Kadokawa Fantastic Novels

Fate strange Fake

CONTENTS

Fate strange Fake

8

成田良悟
Narita Ryohgo
插畫／森井しづき
原作／TYPE-MOON
Illustration:Morii Siduki
Original Planning:TYPE-MOON

Kadokawa Fantastic Novels

倫敦某處　艾梅洛閣下二世義妹之口述

「雖然這樣說不太好，但我那位兄長真的是腦子有問題。」

「亞奇伯家在前任當家死後揹的債可是天文數字。對，大到連天體科（艾寧姆斯菲亞）都會苦笑，結果他一句話就扛下來了。」

「為何負債？問這做什麼，你也要幫忙還嗎？」

「當然是開玩笑啦。兄長都已經扛了，怎麼會還要別人出錢呢。再說我最近還在想，那筆負債除了兄長以外，應該沒人還得了了。不過話說回來，我還是不怎麼看好呢。」

「像前任當家的性命和魔術刻印受損這些，都是無法估計的負債……損失的物質資產方面，都足夠好萊塢拍一部超級大作了。我們失去的東西裡，有些甚至能直接導致整個派系垮台，而

『那』可說是最嚴重的一個。」

「『那』是有形財產之中最大的損失……就連君主想要也不是那麼容易。畢竟在月靈髓液（托利姆瑪鎢）完成之前，『那』一直都是艾梅洛的『至高禮裝』。」

「沒錯……前任當家在冬木之戰失去『那個』，在五個致命損失中尤其嚴重。」

「儘管比不上聖杯……我相信有些魔術師不惜發動戰爭也想得到它。」

「那●●●●●——」

接續章

「水窪」

五天前　史諾菲爾德某處

英靈希波呂忒受聖杯傳授知識並現界之際，眼前布滿了耀眼光芒。
她將全身所感受到的魔力奔流想作召喚儀式的魔力流，說出詢求契約的言語。
如同絕大多數地表生物一出生就會呼吸般，她在顯現的同時也明白了使役者的職務。
——「我問你，你就是將成為我的主人，與我共渡沃野之人嗎？」
往需要她如此問話的對象望去時，她的知覺能力在剎那之間掌握了狀況。
眼前的光輝與魔力奔流，皆不是來自召喚儀式。

劇烈衝撞聲。
骨骼磨抵。
喉中洩出風嘯。
肌肉爆發嗟怨。
牙關緊咬而奏起妙響。

血管瞬時膨脹高歌。

關節碎裂的狂笑。

斬擊(Attack)　打擊(Attack)　突刺(Attack)　重擊(Attack)

魔術(Magi)　焚滅(Magi)　凍結(Magi)　雷鳴(Magi)

怒號(Shout)　慘叫(Shout)　嗚咽(Shout)　歡喜(Shout)

空間中充滿千千萬萬的胡亂射擊與激情。

對曾為戰士長的亞馬遜女王希波呂忒而言，那空氣是如此地熟悉。

那是爭鬥的空氣。

希波呂忒顯現之地，並不是規矩嚴謹的儀式祭壇，而是嚴峻爭鬥的正中央。

「……？」

生為戰神阿瑞斯之女的她，曾是闊步於古希臘的眾多英雄之一，也是守護狩獵女神阿緹蜜思神殿的戰士長。

面對再怎麼激烈的爭鬥，她也不會退縮半分。

因為那並非神代英靈之戰，無疑是人類之所為。

但戰況仍然混亂。

根據聖杯給予的知識，召喚英靈是藉由觸媒與詠唱咒語進行的儀式。

並不是部分民族或宗教間那種「以戰獻神」的儀式。

受到召喚現世的自己眼前，為何會有這樣的爭鬥呢？

原以為是有敵對勢力相準召喚後的鬆懈而攻來，卻隨即遭到她作為戰士長的經歷否定。

那兩人的爭鬥，已經持續了很長一段時間。

——怎麼會這樣？

雖有疑惑，但戰士長並不慌亂。

——慢著……如果是這種程度的戰鬥，是可能的嗎？

——即使不透過正式儀式，也可能召喚我。

現在的她，沒理由幫助眼前激鬥的兩個人影任何一方。

她只是受到召喚，尚未締結契約。

所以希波呂忒開始觀察。

要先了解召喚她的祭祀之地發生了什麼事。

或判別這聖杯戰爭是何種程度的爭鬥。

胡亂射擊當中，人影之一——身穿紅衣的女子以指尖擊發咒彈並且說道：

「夠了沒！真是死纏爛打！」

對方以毫釐之差避開她快如突擊步槍三發點放的咒彈，背後像是水泥製的牆面爆裂粉碎，露出粗大鋼筋。

紅衣女子的黑色瞳眸看見這一幕，往希波呂忒瞥去。

並與對方人影拉開距離，又拋出對話：

「『貴賓』好像已經等得不耐煩了，妳還要打嗎？」

於是對方人影——纏繞黑煙狀物質的女子，目光凌厲地瞪視身穿紅衣的敵人。

「打完再說。妳是想跟英靈喝茶嗎？」

黑煙女子面戴刻有魔術文字的哥德風鏡，容貌端整，卻有排鯊魚般的牙齒。

聽聞這句伴隨狂笑的答覆，紅衣女子嘆息聳肩。

「哎呀，我就是想跟她喝個茶沒錯喔？」

紅衣女子不多給對方時間，邊說邊開始行動。

「當然，不包括妳。」

無論聳肩或嘆息，都不是單純的挑釁。

每一個行為都有調節體內魔力（原力）流的效用，為猛烈驅使肌肉與關節的動作奠下基石。

爆發性的蹬踏，在常人看來甚至如同憑空消失一般。

絕佳的步法，是由魔力、技術與千錘百煉的臂力全部相乘而來。

纖瘦的軀體使她一眨眼便能達到極速。

此時，她的四肢已為下一個姿態做好準備。

完美擊出的掌底，刺向對方的軀體。

即使只是純粹的掌底，這直指心臟部位的一擊仍舊可能使身體鍛鍊不足者當場斃命。

然而，真正的恐怖並不在這裡。

紅衣女子動身的同時，還與指尖擊出的咒術團並行，並藉掌底將其擊入對方體內。

「呃……！」

這一掌使得女子的風鏡迸出裂痕。

打擊部位的胸口雖遠離面部，衝擊仍貫透全身，甚至對裝備造成清晰可辨的傷害。

「嘎……哈……哈哈、哈哈哈哈！」

儘管挨了拳擊冠軍也免不了被一擊決勝負的衝擊與咒術，風鏡女子仍愉悅大笑。

「原來如此……真是名不虛傳。不，比傳聞中還要強啊！『五大元素師（Average One）』！」

「不管妳聽說什麼，我可沒有簡單到只有屬性能拿來說嘴而已喔……看招！」

紅衣女子——遠坂凜，也以毫釐之差躲過對話中刺來的手刀。

「是喔，那真是對不起喔！」
戴風鏡的女魔術師——朵麗絲・魯珊德拉的手刀同樣也是踰越常理。
最明顯的是她的手指與人類差異甚大，指尖還變成猛禽般——不，甚至是龍那般幻想種的硬度與形狀，化作能將人斬成兩段的刀械，對遠坂凜不斷發動攻擊。
更棘手的是，周圍飄散的黑霧還會隨手刀到處蠢動。
時而遮擋視線，時則是拖遲動作的枷鎖，還能聚合成第三隻手出擊。
魯珊德拉家族。
這個家系將標竿定為以自身血肉重現公認已在東洋滅絕的幻想種——「鬼種」，對魔術迴路與肉體持續進行了長達千年的改造。
利用家傳的特殊強化魔術，將每一根骨頭、肌肉纖維、神經、淋巴管甚至微血管都改造成近似魔術迴路的構造。
將早已亡佚的過去定為必須在遙遠未來抵達的終點，是一種矛盾。
但是在魔術師的世界中，這並非矛盾。
為了以現代形式取得、理解，抑或改寫那些隨人理發達而失落的事物，大多魔術師都拚了命地不停運轉其血脈引擎。
朵麗絲・魯珊德拉也同樣燃燒著自身生命與靈魂，可說是奔馳在家族所定下的軌道最前端。

「我是很想誇獎妳，不過先送妳『麻煩』兩個字。」

遠坂凜看了看周圍半毀的牆壁、地面與梁柱並聳肩。

「妳不用禮裝或觸媒，就瞬時將這房間染成自己的屬性……不對，妳的身體本身就已經是禮裝或觸媒了吧。」

雖然有一部分是凜的魔術所導致，大部分仍布滿了朵麗絲以自身肉體造成的破壞痕跡，毀壞之處留有她所滲出的狂暴魔力。

換言之，朵麗絲每一次造成破壞，都會將該地渲染成對她更有利的魔術環境。

瓦礫所挾帶的魔力已和朵麗絲自己的魔力開始共鳴，整個室內都成了敵人，充滿將凜視為眼中釘必須將其排除的空氣。

「妳就是我這肉體最大的阻礙！有出盡魯珊德拉家奧祕的價值！」

「我看起來有好心到會捨命陪君子嗎？」

說時遲那時快，凜在自身周圍布下寶石。

「——Anfang（宣告）.」

當具有力量的言語出口之時，藉魔力懸空的七顆寶石之間湧出多種屬性的魔力。

光線在寶石間不停反射，閃光陣陣地增幅魔力。

複合屬性的魔力扭絞成光線，眼看就要往朵麗絲．魯珊德拉噴發。

那是俗稱切削七彩光的術式。

更可怕的，還在那七顆寶石之後。

隱藏於輝耀之間，採五芒星配置飄浮的五色寶石。

那是她在君主艾梅洛二世指導下完成的魔術「輪轉五星」。

凜這般五大元素師，技術豪橫到足以配合對手術式，啟動預先施於寶石中的魔術，組合出剋制力最佳的攻擊。

當她以寶石魔術的光線為障眼法，要詠唱下令攻擊的咒語時——

「休想！」

朵麗絲身上爆出大量黑霧，彷彿要掩覆寶石旋繞的光芒。

來源是她割開手腕動脈而噴灑的血液。

顏色像是一噴出體外就氧化的黑血化為水刀般的利器，要擊碎凜周圍的寶石。

同時，朵麗絲自己也發生巨變。

右臂骨骼刺穿強如鋼鐵的皮膚，逐漸變成刃狀。

且四周瓦礫浮上空中，鋼筋與水泥塊彼此壓縮固實，往她的右臂匯集。

裹上鋼鐵與瓦礫的骨刃最後包覆整條手臂，化作鎧甲並持續增大，最後變成比她還要高大，能從地面觸及天花板的巨大黑手。

然後在下一刻——

由瓦礫、骨甲、鋼鐵與朵麗絲化為魔術迴路的血肉所組成的右臂帶著巨人的手掌，發出令人不寒而慄的聲音往前一伸，向凜殺去。

最可怕的是，這一切變化與動作全都「發生在不到一秒之間」。

原本只要凜的「輪轉五星」施展完成，瓦解物理物質不費吹灰之力。

然而朵麗絲的速度不給她完成術式的時間。

無論對方如何使詐，再怎麼會應變，全都會被她精心鑽研的肉體變化速度，與強化魔術所產生的物理生吞活剝。

就算凜成功發動術式開始瓦解，超高速下的瓦礫也不再是魔術，質量已大到普通結界或防禦術式所不能阻擋。

凜的「輪轉五星」，對上「魔術」近乎無敵。

但是，已與世界緊密相連的現實事象——諸如永存的特殊投影、作為實體製作而成的水銀生命體、或朝她撞來的砂石車等等，與終將從這世上消散的「魔術」不同，「輪轉五星」對它們無能為力。

即使魯珊德拉對此術式一無所知，她的執著仍使自己渾然不覺地找出破解凜奧祕的方法。

「遠坂凜，就是硬要妳陪我耗下去！」

魯珊德拉家近年正急速走向滅亡。
不是因為神祕稀薄。
純粹是「走火入魔」。
為接近「鬼」這般曾經存在的幻想，或模仿其形象，魯珊德拉家吃了很多東西。
力量最強大的前任當家吃過人、魔，有時連吸血種也吃，甚至前往日本尋找傳說中的「降神氏族」，以求吃神。
最後在途中被偶遇的「實物」——留有濃厚鬼族血統的獨眼男子悽慘殺害。
喪失大半魔術刻印，且因「祭品該被吃」而樹敵無數的代價，是極其巨大的。
等待魯珊德拉家的不是緩慢的消失，就是敵襲而造成的瞬時毀滅。
在如此狀況下，法蘭契絲卡來到仍在孤軍奮戰的朵麗絲面前，邀她參加聖杯戰爭。
並告訴她這個聖杯是贗品，恐怕無法觸及根源。
然而，也告訴她那在一定程度上，能成為願望機的替代品。
最後朵麗絲答應了，但沒有全信。
她相信親眼見過神代英靈，透過魔力與其相連能有所斬獲。更重要的是——假如有接近神的人物出現，說不定還能攝入自己體內。

但是，現在不一樣。

在這個連召喚儀式都沒舉行的狀況下遭遇強敵，讓朵麗絲把那些全忘了。無論聖杯戰爭還是振興家威，甚至是自己該走的路都不重要了。

可是她沒有忘記自己身為魔術師的命題。

現在十分肯定。

這一刻，這一個魔術師將是她此生最大的障礙。

她相信擊破這道障礙，將是完成自家魔法的必經之路。

因此，她將一切都灌注在這一擊上。

哪怕要放棄與遠坂凜「一同出現的」所有人戰鬥，放棄與英靈締結契約也無所謂。

這就是她擊出「巨鬼之握」所做的覺悟。

完全堪稱是能讓朵麗絲·魯珊德拉澈底無視對方魔術屬性，直接將其輾壓的奧祕。

「厲害。」

見到朵麗絲使出渾身解數的魔術，希波呂忒低聲讚嘆。

「可是……」

戰士英靈的眼睛，明確捕捉到了那個畫面。

名叫遠坂凜的女子，在那巨人的掌摑組成時，已經「捨去了詠唱和寶石」。
在斷定對方的物理攻擊會比她一手構築，堪稱最高峰的魔術更快的瞬間。
她將周圍所有寶石的一半魔力挪作隱蔽與形成力場之用，跳到幾近天花板的高度，鑽過撲來的巨掌指縫間。
即使只要有任何失誤就會成為鬼爪的食物，名叫遠坂凜的魔術師仍在死地中找出活路。
——那不是賭命。
——那個魔術師……是澈底看出那是最佳選擇了吧。
名叫凜的魔術師對迸散的寶石短暫投以惋惜的視線，隨後蹬踏天花板，將身心與魔力流全部投入下個動作。
並在寶石碎裂湧出的剩餘魔力全收回魔術迴路之餘，組織她最得心應手，不需詠唱的術式。
從天花板附近開始自由落體的遠坂凜指尖上，湧現色彩鮮濃的災禍。
希波呂忒看得出來，那雖與她家鄉所用的有些不同，但無疑是「詛咒」。
她曾戰勝無數留有神代餘韻的魔獸或妖術師，即使不知咒彈是何方語言，仍能輕易推測那會造成何種效用。

——可是真想不到，「居然會有那麼璀璨的詛咒」！

咒彈不過是種詛咒，不過那信手拈來的洗練程度——以現代人類術者而言大概水準極高的魔術技巧，仍使她由衷讚嘆。

接著——勝負即將底定。

「少得意！」

朵麗絲在驚愕的同時，暗自讚嘆了對手。

凜先前催動的，多半是她整個魔術師家系歷經千辛萬苦終於得到的頂峰術式之一。

將那樣的魔術建構到幾乎完成，卻又選擇放棄不用，就算魔術師再怎麼現實也非容易之事。

認定對方不僅對魔術鑽研極深，同時也積累了非比尋常的實戰經驗後，朵麗絲勾起嘴角準備反擊。

剛才的咒彈，她已經看過太多次。

連鋼筋水泥都能打穿，有「芬恩的一擊」之稱。遠坂凜還將那樣的咒彈當機砲連射，一般人對上肯定必死無疑。

就算肉體承受得了，其詛咒本質也會侵害肉體，導致心肺停止。

然而，現在自己硬如鋼鐵的皮膚能夠抵擋咒彈連擊。
如此斷定後，朵麗絲激烈催動全身魔力，要轟出此時的自己所能達成的最強反擊。
可是預備承受的咒彈衝擊卻沒有到來。
「？」
在預想以反方向落空的朵麗絲疑惑之前，凜指尖所擊發的咒彈被某種看不見的東西遮蔽了。
剎那間，朵麗絲還以為有第三者介入戰鬥——卻又立刻否定這個想法。
因為那結界釋放的魔力性質，與凜自身的一樣。
也就是說，那是凜自己設下的結界。
——將咒彈……封在結界裡？
那原本是能將敵人連同整個房間困住的強力結界。
現在被壓縮至足球大小，變化成能使凜自己擊出的咒彈不斷循環的牢籠。
如同塞滿咒彈的壓力鍋，且進一步收縮，落向朵麗絲腳邊。
朵麗絲想像了結界不堪負荷而爆炸，即刻在雙腿凝聚魔力，正要跳離該處——
凜全力擊出的震腳卻先踏在她的腳板上。

出其不意的一擊。

朵麗絲的目光被咒彈之牢所奪，注意力從凜身上霎時——真的只是移開了一剎那的時間。

對於遠坂凜這樣曾於冬木地區真聖杯戰爭中倖存的魔術師而言，露出這種破綻的對手簡直與宣布投降無異。

然而就算對方投降，以遠坂凜的作風，只要不是真正屈服，就會追擊到再也不敢造反為止。

於是從朵麗絲的意識之外擊出震腳，連同壓縮成高爾夫球大小的結界踏在她腳上。

相準連微血管都仿製成魔術迴路的朵麗絲，為跳躍而將魔力全集中於腿部的瞬間。

把芬恩的一擊填壓得有如葡萄彈，堪稱咒砲的攻擊，直接撬開朵麗絲的鋼鐵身軀，穿過連腳板都展開到極限的魔力管道，擴散至全身上下。

來自腳邊的衝擊直沖腦門，餘波也將風鏡震個粉碎。

「嘎……！」

朵麗絲口吐黑血，全身反仰。

凜還順勢將不知何時抓在手上的寶石，用掌底連同下一記咒彈擊入對方體內——

但這一擊，卻被從旁伸來的手掌擋下了。

凜側眼一瞪，而干預者——希波呂忒也直視凜的雙眼開口：

「我為打擾爭鬥的無禮行為道歉。」

希波呂忒的右手將咒彈和寶石抓在一起，使凜的手硬生生靜止於空中。

而即使這記威力足以擊倒巨象的一擊被輕易擋下，凜也沒有任何倉皇。

因為她知道英靈本來就有如此壓倒性的力量，不是現代魔術師能相提並論。

「但既然對方無力再戰，我不許妳再下殺手。」

說話的同時，朵麗絲頹然倒地。

築起的魔力盡數瓦解，由瓦礫與血液組成的巨掌也隨之崩潰。

留存的右臂嚴重受創，不過或許是肉體性質使然，血已經止住了。

「哼……」

遠坂凜反而對英靈打量一眼，在嘆息的同時收回魔力。

握著寶石後退一步時，朵麗絲喘著氣擠出話來：

「英靈，不用可憐我……我敗給她，就算要吃了我的血肉和靈魂，也無話可說。」

即使吐著血，她也面帶滿足地如此說道。而這似乎已讓她用盡全力，連站都站不起來。

凜看著這樣的朵麗絲，不悅地開口：

「拜託喔，不要把人說成吸魂鬼（Strigoika）還是肉食恐龍那樣好不好？我一開始就不打算要妳的命……

可是被當成天真的魔術師也很令人生氣，所以先把話說清楚。」
清咳一聲後，凜以完全不同於先前激戰的理性語氣斷然說道：
「不管誓約如何，令咒都是先附在妳身上。我不認為那位英靈會樂意接受殺了妳搶過來這種強盜行為……只不過，有些英靈會喜歡贏家無情處決對手就是了。」
說著，凜往希波呂忒瞥了一眼。
朵麗絲也一眼就感覺到希波呂忒是何種性質的英靈，在手腳都不能動的狀態下淺淺一笑，閉上雙眼。
「我澈底輸了，無怨無悔。」
「那真是太好啦。我的悔恨可是一大堆呢。」
凜輕呼一口氣，又對朵麗絲譃笑著說：
「再說，知道妳害我用了多少寶石嗎？」
「要是殺了妳，要找誰賠給我啊？」

× ×

「原來是一場魔術師之間結了誓約的決鬥。多半是……為了與我締結契約的權利吧。」

「說得更準確點，是為了契約的話語權……也就是令咒。」

希波呂忒藉凜的話了解狀況後，重新對她審視一番。

她是個強大的魔術師。

且還有成長空間。

這都是純粹的感想。而儘管仍能成長，其程度在這年紀也已經完善過頭。

再進一步地說，不僅僅是她——

「……很有風度嘛，不倚仗人數去搶。」

如此說道的希波呂忒評估著房外十數人的氣息。

「視狀況而定啦，反正聖杯戰爭還沒開始吧？」

房外的人們以凜這話為信號，踏入滿目瘡痍的房間。

「其實，她願意立下魔術誓約並進行『個人』的決鬥，算我們好運喔，遠坂凜。狼（史賓）和蛇（羅蘭）才剛和獵人（澤姆露普斯家）和解，要是又與仿鬼人（魯珊德拉家）打起來還以多欺少，會損傷老師的威名。」

一身貴族氣質的青年這麼說之後，穿著藍色禮服的女子接著說：

「話說回來，這場戰鬥還真是粗俗。要是妳學過一、兩個格鬥術，或是更捨得用寶石，一定能贏得更漂亮才對。」

凜隨這句話看向倚著瓦礫而坐的朵麗絲，開口反駁：

「拜託喔！妳也看到她的魔術了吧！這樣還傻傻用格鬥術，只會被骨頭刺死好嗎？」

「哼……我看妳是真的不懂。關節技或摔投只要練到爐火純青，就能和搥打一樣瞬間讓對手動彈不得喔？」

「會對魔術師用那種極端招式的，老實說就只有妳一個啦！」

「而且最後一招……封住咒彈的結界也架得很草率。難道說，妳『又』想做自爆特攻？」

「『又』是什麼意思！給我說清楚！」

最先出聲的貴族風青年，無視紅衣女子和藍衣女子那番不知是戲言還是認真的爭吵，對希波呂忒鞠躬說道：

「請容我代同窗的無禮之舉道歉。您就是本場儀式中，受聖杯召喚而現世的英靈吧？」

看著這舉止優雅，全身魔力和暢的青年，希波呂忒更加肯定。

在場這十數人，每個都和凜一樣，全是研磨出超齡水準的原石。

反過來說，見過所有人之後，她找不出除此之外的共通點。

於是，希波呂忒在詢求契約和說出自身要求之前先問道：

「你們看起來不像有人率領，究竟是什麼樣的團體？」

身為女王且曾經率領戰士軍團的希波呂忒，對究竟是什麼繫起這不可思議的集團頗感興趣。

名叫遠坂凜的魔術師想了想後回答：

「也沒什麼……就是在同一老師門下求學的同學吧……只能這樣說呢。」

希波呂忒隨即領會箇中道理，開口說出由衷的讚嘆。

「原來如此……這位導師一定非常優秀。就像我們那時候名傳天下的凱隆一樣。」

結果眾人你看我，我看你——當然有幾個人頷首深表同意，但大半都是苦笑著搖頭。

「我想……他跟神話裡的大人物凱隆應該是完全相反喔？」

×　×

世上有位名叫艾梅洛二世的男子。

在以河海形容每個人的魔力量時，這位魔術師曾被評為「水窪」。

當他仍是個年輕的見習魔術師時，就參加過舉行於遠東地區的魔術儀式，並倖存下來。

若只是一般的魔術儀式，可能只是沒發生致命事故就結束了而已。

問題是那儀式是堪稱賭命的魔術決鬥，人人不敢相信但仍傳說願望機終將因此顯現，真正重要的是魔術師可能藉此觸及根源。這便是對魔術世界無比重要的儀式——聖杯戰爭。

在儀式中倖存時，年紀可稱作少年的他，日後成為了鐘塔的君主。

肯尼斯・艾梅洛・亞奇伯在同場聖杯戰爭的儀式中殞命。

男子成長為青年後繼承他的地位，與因其死亡而產生的種種債務，且遭遇眾多事件，經歷一場又一場波瀾壯闊的冒險——但那不是現在該說的事，與史諾菲爾德的儀式也沒有直接關聯。

在史諾菲爾德的假聖杯戰爭中，重要的只有前任肯尼斯在冬木地區失去了「一切」。

以及繼承艾梅洛之名的男子所培育的人們。

艾梅洛教室。

艾梅洛二世以現代魔術科講師身分培育的學生們。

二世本人對「培育」二字或許不會有什麼印象。他曾嘟噥：「有能之人本來就遲早會蛻變，自己不過是幫他們指點一二罷了。」還經常打從心底羨慕自己學生的才華。

事實上，他的班上也的確都是才華洋溢的年輕魔術師。

由於他是權利最小的鐘塔君主，再加上派系問題，完全屬於該教室的人寥寥無幾。

但據說在這教室待到畢業的學生，每個都爬上了鐘塔的高位——典位或色位。而在其他學科畢業的學生，也都是赫赫有名的魔術師。

因此，儘管堪稱「艾梅洛教室」出身的ＯＢ現階段僅有五十人左右，卻有「艾梅洛教室一動，鐘塔就動了」——遠超其他學科數百數千人勢力的評價，受到所有派系的高度警戒。

二世本人對這樣的評價深感其擾，但或許是以魔術師而言他的人格特別奇特，以致於至今仍能坐在君主的位子上。

學生對他的態度也是千差萬別，有的對二世有近乎狂熱的信仰，有的恨之入骨，甚至懷有殺意，有的歌頌對他的愛慕，有的可以說背叛就背叛，什麼人都有。

不過大部分的學生都認為他是個良師。

不是不會犯錯。

也不是完美無缺的萬能超人。

遠不及聖人君子。身為劣幣，卻摸索著如何使良幣昌榮的怪人。

甚至問艾梅洛教室的學生「艾梅洛二世的缺點」，每個人都會苦笑並列舉一大堆吧。

可是，他們大多都很明白。

無論是好是壞，他們能有現在這些成就，全是拜艾梅洛二世這位導師所賜。
「水窪」這揶揄之詞，雖是出於事實——
但那「水窪」卻比江河與大海都更有價值。
映照窺視者臉孔，若有些許震盪，倒影就會跟著扭曲。
能與他們有所呼應，改變其人生的「水窪」。
那對能在魔術師之路上不斷成長的人而言，確實是種祝福——
同時也是極其棘手的詛咒。

第二十四章
「第五日　中午　■當靜肅」

在久遠的過去

聖廟之路，殊途同歸。

但若在終末回頭顧盼，會發現那全是同一條路。

人們稱那山中靈地是祝福天命終結的撞鐘堂，抑或是冥界的「入口」。

是世間生者必經概念的具體形象，必先跨越萬險之幽谷才可抵達之處。

——亞茲拉爾聖廟。

實際入山者之中，達到「終即是始」之至高境界的人是少之又少。

不，就連是否有人達成，究竟是否真有此人，在現世已無從查證。

畢竟走到那個境界，也等於在這個世界走到了生命的盡頭。

也可能死於路途艱險。

但本質不在那裡。

因為成功抵達，即意味著失去生命。

聖廟對抵達者的嘉獎，也只是為其實際結束天命敲響祝福的鐘聲——即晚鐘，以及一抹帶往安寧的刀光罷了。

僅有一人，能久佇於聖廟之中。

那即是不知究竟是生而長存，還是死而不朽的「無貌翁」。

所有襲名哈山．薩瓦哈之殺手首領們始終最為敬畏的告死者。

咒腕。

煙醉。

靜謐。

影剎。

震管。

百貌。

暗殺教團的歷代首領每個都擁有獨特別名，以及對應其別名的暗殺絕技。
首任首領「山翁」是唯一不具如此別名，相當於概念化身的教團創始人。
在後續十八名首領心中，他是遙不可及的指路星，絕不可見的規範，躲不過的「劊子手」。
不許歷代哈山．薩瓦哈有任何墮落。
一旦這些甘願脫離道義之人沉溺於凡人的快樂，大義會瞬時淪落成私欲，否定教義本身。
為杜絕此事，山翁會帶著陣陣晚鐘來到眾哈山面前。
隨衰老或墮落而損及暗殺水準者。
或溺於欲望而墮落者。
以終焉之刃將其帶往永恆的黑暗，如同末日必將降臨眾生。

每一個暗殺教團的首領，都會將自己的一切封入其名，獻給教義。
無論任何理由，一旦違背教義就是亡命之時。
不限於聖廟。無論何時何地，山翁都會站在各種面貌的哈山背後。
彷彿在宣告山翁人在哪裡，哪裡就是真正的「亞茲拉爾聖廟」。

因此，暗殺集團的首領絕大多數只聽說過聖廟的存在，不曾前往。即使有，也只是明白自己使命已盡，自願獻上腦袋的人而已。

但歲月悠悠，旁風吹亂常規的事時而有之。

那人影，飄渺的人影有些許「不同」。

在乾燥地帶依然霧靄氤氳的幽谷中，前行的人影如熱氣般晃蕩。

那的確是生者沒錯，可是人影走在現世與冥界的交界上，一身融入其雙方的氣息，就只是不斷地前進、前進、前進——

克服幾處難關與考驗後，人影終於抵達聖廟。

來到了聖廟守護者「無貌翁」的跟前。

在他宛如體現死亡的氣息澆灌下，人影恭敬地說了些話——

既無教團首領身分，甚至不是殺手的人影，「連晚鐘都未曾聽聞就結束了生命」。

而後，時光流逝。

不知過了兩百年、五百年，或是能使大樹形影消無的歲月。

「不停消亡的人影，足以烙入世界的時刻到來了」。

×　×

幾天前

「化作黑影的刺客，你想對聖杯許什麼願？」

在往來於真假之間的聖杯戰爭中，締結契約的主人對「黑影」詢問。

他一開始就知道對方本來就很少說話。

但成了「黑影」主人的男子為了多了解自己使役者的性質——或掌握其弱點，在契約結成後立刻這麼問。

在一般的聖杯戰爭裡，大多英靈都是因為對聖杯這個願望機懷有希望而受到召喚。

「黑影」主人的目的，即是透過知曉對方來到此處的根底，以便更有效地了解對方。

而這個顯現為刺客的「黑影」——自稱哈山．薩瓦哈的英靈，在熟知聖杯戰爭的主人眼中極為特異。

因為在他這個主人的眼裡，別說體能，就連魔力量都無法估計。

還不時說些像在試探他的話，若有一次答得不對，恐怕就見不到明天的太陽。

儘管還能消耗令咒限制其行動，但這英靈散發的詭異氣息，讓他覺得想用令咒將其限制，得先有被他奪去一切的心理準備。

命令的內容，不能有絲毫閃失。

——這個英靈對於消滅……第二次的死亡，沒有一丁點的畏懼。

打從契約訂定的瞬間，他就明白了這一點。

所以才覺得詭異。

既然不畏懼死亡，對人世毫無留戀，又為何會在此顯現？

以現階段來說，無論是利用這英靈還是防範其謀反，資訊都過於匱乏。

對方應也看出了他有這些心思，然而男子身為主人，仍勇敢選擇發問：

「能請您告訴我嗎？假如您的願望與我的相牴觸，我很樂意讓步。」

面對主人以頗具誠意的言詞如此補充，「黑影」仍未開口。

但是，主人所面對的電腦螢幕出現雜訊，縫隙間流過像在刺激潛意識的文字。

彷彿連說出口都覺得排斥。

【願望機，乃吾道所不容。】

「……？」

【吾道本陷於墮落，從來不需此物，故吾在此。】

「黑影」像是刻意避開「聖杯」，改用「願望機」這個在這場儀式中粉飾聖杯的詞，謎語般的字句在雜訊中閃動。

不等主人回話，「黑影」只留下文字就消融在城中暗處。

【在吾心中，所謂願望機永無光明，吾這暗影之身亦永無接觸之日。】

接著黑影便混入聖杯戰爭的黑暗中。

彷彿要公平評量聖杯照耀出的每一道影子。

在黑影被召喚為英靈的現在，他的自我認知也未曾改變。

還記得為他刎頸的刀光。

在這裡的「個體」，不過是刀光下那老翁的倒影。

不是山翁本身，就只是個模仿其意志的影子。

×　　×

回到現在。

因美索不達米亞的神祇、神獸與魔獸並立，化為魔境的史諾菲爾德森林中，「黑影」就只是隱匿著。

為確認自己的職責是否已真正結束。

又假如這世界將就此毀滅——與人理一同歸返那無盡的夜，或許也同樣是他的職責。

但是——「黑影」眼中映照著一名刺客。

為自身信念不斷掙扎，沒有解答的求道者身影。

×　×

柯茲曼特殊矯正中心

「……訊號阻斷得差不多了吧？」

部下愛德莊回答法迪烏斯的問題：

「是。從通訊塔開始，一般線路和軍用線路都即將按照事前計畫阻斷。除魔術通訊外，干擾所有無線通訊的準備都已經完成。」

「對外宣稱颱風吹垮通訊機構就行了吧。每一次都推給瓦斯公司，也未免太可憐呢。」

法迪烏斯聳肩說道。愛德菈接著淡淡地問：

「配置在湖沼地帶和沙漠地帶的【荊棘】和【獾】怎麼處理？」

「讓他們繼續待命。都是棄子，亂搞些小動作會害他們起疑心。」

「在這種狀況下，一般魔術使和傭兵根本無能為力。」

×　　×

史諾菲爾德西部　新伊絲塔神殿

無名刺客看著落向周圍的一塊塊現代軍武殘骸，發出呻吟般的聲音。

「異鄉的力量化身……居然有這種程度！」

即使自己不斷追擊的吸血種魔物就在眼前，刺客的意識仍霎時完全從敵人身上移開了。

可是敵人——既是吸血種也是召喚主的捷斯塔．卡托雷所有知覺，也同樣在一瞬之間跟丟了他如此執著的刺客。

不，或許該說意識和所有知覺都受到強制的吸引。

當自稱女神的女子現於神殿，施展了某種能力的瞬間，刺客和吸血種不僅被她奪去注意力，甚至陷入靈魂都受其支配的錯覺。

連腳底也失去感覺，常識遭到竄改，彷彿突然摔進無重力的黑暗，唯一存在的就只有眼前的神殿。意識能在這當中保持正常，或許是因為意志力和信仰夠強的緣故。

眼前那莊嚴的建築，即「新伊絲塔神殿」，正是充滿這般壓倒性的力量——或者該說「美」的概念。

禮讚吧，崇拜吧。

蒼穹永存不滅。

冒瀆吧，瀆神吧。

在真正的力量面前，言語不具意義，唯有隨雷鳴逝去。

為探究而死，無知終生吧。

狂飆定將肯定一切，蒼穹又將否定一切。

滿布星辰的天空，即是女神伊絲塔的化身。

豐饒的時代於今來臨。

地上孵化的命脈將回歸天球，星之落淚將潤澤禾穀與青蔬。

讚頌狂瀾的溟海吧，為幽深的燎原獻身吧。

萬里明星降下的威光，將於大地孕育同等的榮華與衰亡。

我們的女神伊絲塔將成為最後的神祇，祝福森羅萬象。

寬恕一切，嚴懲一切。

那即是女神的愛，即是豐饒。

諾許的時代啊，即刻到來吧。

禮讚吧，崇拜吧。

冒瀆吧，瀆神吧——

某種禱詞般的話語，在新伊絲塔神殿周圍聲聲迴盪。

來自受命善盡新伊絲塔神殿祭司長職責的哈露莉口中，宣告著新時代的到來。

不是對誰所說，彷彿在說給自己的心聽。

在她眼前，膽敢違抗女神的愚昧之徒所絞盡的智慧——即那種種的現代軍武，全都在伊絲塔的魅力下失去作用，窩囊地翻倒在地。

同時——哈露莉所供奉的女神身影，就在神殿上方。

降臨於名為菲莉雅之「容器」的伊絲塔，完全不把立於其間的捷斯塔和刺客放在眼裡般，氣勢磅礴地睥睨大地。

「那好吧。」

不僅是捷斯塔他們，她要對參與聖杯戰爭的所有魔術師、英靈，甚至史諾菲爾德的居民——不，她更要跨越土地或人類等小小框架，對存在於星之表層（Texture）的萬物下達神旨。

「『我准你們下跪』。」

何其傲慢的一句話。

但聲音充滿了力量。

她就這麼將如此極不講理的話，如同亙古不變的真理般向大地宣告。

豐饒。

存在即為滿盈的豐饒，於今顯現於世。

好似一切都已完備，或者說都已完結。

森林中濃濃地充滿這樣的氛圍。

而這般令人陶醉、放下妄執的獨特氛圍，全是來自立於林中的女神。

其恩澤在供奉她的神殿下增幅，化為充滿終結感的風，在世間流動起來。

推送那道風的，是停滯於城西的巨大神獸——天之公牛。

業已完成的神殿化作散布新世之理的楔子，令人認為再也沒有任何事物能避免誕生於此森林的特異點侵蝕世界。

但是，總會有抵抗。

也許是自淨之力，或是步向毀滅的弱者們的掙扎，目前猶未可知。

其中的一枚碎片現在——史諾菲爾德都市另一邊的湖沼地帶，傳出了有點少根筋的尖叫。

× ×

史諾菲爾德東北部

「呀啊啊啊啊啊啊啊啊！」

少根筋的尖叫迴響於史諾菲爾德的湖沼地帶。

「綾香，還好嗎！若真的不行，就用走的吧……」

「我我我我沒事！現在……要趕時間！」

叫得倉倉皇皇的，是騎馬前往城北的沙條綾香。

她緊抓著劍兵的背，以極不尋常的速度渡過湖沼地帶的泥濘土地。

劍兵向喚作「隨從」的靈基借來的馬似乎也有奇異的力量，幾乎沒有正常騎馬會感覺到的上下震動。

所以綾香尖叫單純是因為不曾以這麼快的速度移動，但一次也沒要求劍兵減速。

畢竟即使是對魔術所知甚淺的她，也能感覺到目前籠罩全城的異常。

頭往西轉，即可望見厚到彷彿世界末日到來的雲牆盤據天際，新聞還播報著發生於北極等全球各地的異常現象。

還有不曾接觸過的使役者登門拜訪，說其主人有意合作。

一般魔術師都會懷疑是圈套，而綾香也如此考慮過。

不過她完全是外行人，閉門不出也不會幫助她想到打破現況的方法。

儘管拜託劍兵或許能得到一些計策。但劍兵自己也願意合作，綾香又沒理由反對，更何況自稱騎兵的女子沒有任何危險氣息。

與綾香在醫院前見過的其他英靈，和夢境世界遭遇的魔獸相比可信度高得多了。

當然，她沒有通盤相信對手說的每一個字，仍保持最低限度的警戒。

她抓在劍兵背後，往並駕的騎兵英靈瞥一眼。

即使劍兵的馬速度非比尋常，她也完全沒有落後，甚至顯得游刃有餘。

聽說她是騎兵靈基，綾香想的還是「那她一定很擅長駕駛某種東西」這種基礎的事。

另一方面，劍兵也對騎兵予以讚賞。

「太厲害了！我以為自己的騎術已經很厲害，想不到妳無鞍無鐙還能快到這種地步！」

騎兵以不可思議的眼光看著少年般直接讚美的英靈回答：

「聽你誇得這麼直接，還真有點難為情。謝謝你，與馬為友是我族的驕傲。」

看騎兵的反應像是誇讚馬比誇讚她更令她高興，劍兵又說：

「喂喂喂，這種話會變成妳真名的提示喔，沒關係嗎？」

「沒關係。我雖不打算在這裡輕易報上名號，不過主人已准我揭示真名。再說……『敵人』早已知道我的真名了。」

「敵人？把那個可怕颱風叫過來的人嗎？」

騎兵否定望著西方說話的劍兵。

「……那不是『敵人』，是我們要協力排除的『障礙』。」
她雙眼一垂，繼續說道：
「我主人的『敵人』……是策劃這場聖杯戰爭的幕後黑手。」
不說「我的」，而是「我主人的」，令人有些在意，但劍兵沒有多問。
他對他人的紛爭沒有興趣，聖杯戰爭才是正事。
「這樣啊！無論妳成為我的敵人還是戰友，都期待妳能拿出最好的表現！」

希波呂忒見到並駕在身旁的劍兵面帶純真笑容說出這般期許，心中有些感觸。
——這男子……雖然像是什麼也沒想……其實是哪裡的將領或君王吧。
——不，可能是因為他個性只看當下。
這是他們第一次對話，但希波呂忒曾遠遠見過劍兵。
儘管當時劍兵敗給了金色王者，表現仍然十分精彩。
他不只是戰士，還擁有一雙能夠掌握周遭戰況的將領之眼。
打法看似想到什麼就做什麼，卻能在每一瞬間選擇最佳途徑，以神速步伐衝過去。
如果他有長期戰略的遠見，或有個軍師與他配合，多半是個曾打下大片江山的霸主吧。
——一旦成為敵人，必須特別注意。

希波呂忒已不求聖杯。

那沒有意義。

值得她向聖杯許願，傳達意念的對象，已投身復仇之姿顯現於這場聖杯戰爭了。

——話說回來，這名劍兵和他主人都知道嗎？

——受到召喚的英靈，其實都是用來填充願望機的祭品。

這時希波呂忒的視線轉向劍兵的主人。

外表上像是十六、七歲至二十出頭的女性。

希波呂忒難以捉摸她是怎樣的人。

——這股氣息……

——其實根本「不是人吧」……？

為是否該深究逡巡片刻後，她認為無此必要而轉回前方。

因為她知道湖沼地帶即將過去，就要進入溪谷了。

——讓主人來判斷會比較確實吧。

「就快到了。再強調一次，我們並沒有敵對的意思。合作結束後，彼此關係可能會因為你們的目的而變動，但至少……什麼！」

希波呂忒的話還沒說完，忽然望向城市的方向。

視線遠端的工業區煙囪。

她的「敵人」氣息在那頂端急速膨脹。

與數天前對峙時相比，那異常的氣息變得更加邪門，還挾帶超乎常理的魔力。

劍兵似乎也感受到那股氣息，望向同樣方位並大喊：

「喂喂喂，狀況是不是變得很糟糕啊！」

看來劍兵等人還來不及和希波呂忒的主人會合，戰爭的號角就已經吹響。

混沌的先驅——是誓要向神復仇的弓兵寶具。

×　　×

史諾菲爾德　工業區

工業區裡有根特別高的煙囪。

不知是由於這幾天的亂象，還是因為颱風接近，工廠沒有運作，煙囪也就不再冒煙。

但有團壯闊卻又不祥的氣息取而代之，湧現於煙囪頂端。

「妄圖成神的殘響啊。」

狀似黑泥的歪曲魔力開始匯集於他手中的弓。

九頭蛇的劇毒，在他強韌的靈基中和漆黑的汙泥不斷相互侵蝕。

「把這武道極境的一箭，深烙在妳那無珠的眼裡吧。」

那名英靈——阿爾喀德斯刻意使汙泥流遍全身，展開對神的復仇。

「——『射殺百頭（Nine Lives）』——」

那是曾於幾天前，在醫院前的大道上對吉爾伽美什擊出的寶具。

然而現在枷鎖盡解，主人巴茲迪洛·柯狄里翁又將他的魔力充至極限，那將在這世上顯現出截然不同的面貌。

煙囪頂端空間窄小，阿爾喀德斯仍像是生了根，四平八穩地拉滿了弓。

隨後整個工廠，不，周圍大地都流出魔力，沿著煙囪被阿爾喀德斯吸入體內。

那個畫面彷彿是將煙囪當成巨大導管，從大地吸血。

普列拉提以寶具施下的幻術開始剝落，周圍工廠逐漸恢復真面目——遭到哈露莉的使役者狂戰士破壞的模樣。

只有他所站的煙囪因沾附龐大魔力與汙泥而免於崩毀，轉變成有如參天巨木的黑暗高塔。

手上的箭，共有九支。

弓是造於神祕濃烈留存的時代，從無數戰場吸取敵人鮮血與魔力的強弓。

也是日後海克力斯交給斐洛克特底，用以擊殺特洛伊英雄帕里斯所聞名的魔弓。

那金剛不壞的弦，不是平凡英靈可以拉動。需有弓兵的技術與非比尋常的力量才尚可用之。

阿爾喀德斯卻易如反掌地拉滿那樣的弦，將九支箭射向西方。

彷彿要用箭驅散那步步逼近的巨大颱風——可是箭上出現令人無暇感到滑稽的明確異變。

纏帶黑泥的魔力和塗於箭上的九頭蛇毒瘴氣複雜交纏，在空間中造成龐大扭曲，穿過天空與大地的夾縫。

「轟」的一聲，地面沙塵連天，捲入飛箭在世界造成的扭曲，染成黑色並化為巨獸。

九頭蛇。

如同他曾親手宰殺的傳說巨蛇，九道箭軌化為九張嘴，飛馳著啃食世界。

在普通人眼中，那只是黑色的沙塵暴。但凡是能感到一點點魔力的人，就能理解那究竟有多異常。

那不是幻術，也不是召喚魔術。

那是以戰場為家的英雄窮盡畢生心血累積的絕技，捨棄神氣換來的汙泥狀厄咒。再加上主人所提供的龐大魔力，流派「射殺百頭」終於使從前的宿敵顯現在這個世界上。

當然那不是原來的九頭蛇，純粹是消滅傳說毒龍之人的寶具所投射出的一個面向，近乎奇蹟的神技。

如此巨物就這麼扳倒一切因果與法則，在世上飛馳。

為了撕碎企圖掌控天理的某個「神」。

復仇的弓兵沒有多看毒蛇們的去向，架起下一批箭。

手臂上纏繞著和希波呂忒相同，宿含軍神之力的軍帶。

但那神力如今已遭黑泥所囚，只能屈從似的默默對弓矢輸送能量。

「這詛咒……我十分熟悉。」

混入自身魔力的異質魔力。

看著那彷彿詛咒世間萬物，不停尖聲嗟怨的魔力奔流，阿爾喀德斯喃喃自語。

「無論有何關聯，全都不重要了。」

不知為何，那詛咒的團塊——自身靈基所滲出的「汙泥」，其本質的「奠基」感覺不陌生，阿爾喀德斯就像在與它對話一樣。

「我不知你是用了多少人之業煉出來的，但一開始，你的本質是對人的詛咒吧……現在，就讓這份力量與我的嗟怨相結合吧。」

阿爾喀德斯灌輸更多魔力，再度拉弓。

嘴邊流出帶血的汙泥。

他十分清楚，自己遭九頭蛇毒侵蝕的靈基已瀕臨極限。

那是將生前的他逼死的劇毒。

復仇者接連擊出塗抹同樣劇毒的箭矢，不帶任何猶豫。

「我的屍骸，就送給你。」

復仇者就像是把似乎具有意識，不停蠢動的汙泥當成相伴多年的老友，微笑著說：

「你就儘管弒神，詛咒恢復人身的我吧。」

×　　×

毀滅直撲而來。

龐大的力量奔流不僅啃食林木，也吸收著周圍滿盈的神氣不斷成長，沖向新伊絲塔神殿。

高揚的沙塵層疊著詛咒、瘴氣與魔力，九支箭纏繞著形象有如九頭蛇的風快速逼近，其後還有更龐大的魔力在逐漸膨脹。

每條脖子都粗如大廈的巨蛇之風，為吞噬神殿與鎮座其上的女神伊絲塔而翹首。

九支箭在神殿前各自分散改變路線急速升空，再如導彈般向神殿俯衝。

一旦命中就會剜開大地，造成物理性破壞並散布死毒與詛咒的力量奔流，為窮極其暴虐而踏入神的領域。

面對速度更甚音速的毀滅，只有一名守衛和一頭神獸出面攔阻。

哈露莉的使役者狂戰士頭上的七色光輪放出光華，形成圓頂狀的七彩屏障籠罩整個神殿。

要以它對人類而言象徵「災厄」的力量抵擋暴虐。

以災厄剋制災厄。狂戰士只憑一己之力，擋下了魔箭產生的巨大毒蛇龍之牙。

想當然耳，只憑哈露莉的魔力還不夠。

為女神伊絲塔建造神殿，使此處滿盈的神力直接提升了狂戰士的基礎能力。
然而還是不足以彈開那九道箭擊，以巨蛇為貌的詛咒正試圖咬碎那充滿神氣的災厄。

而神牛的腳步，可沒慢到會坐視不理。

「轟」的一聲，全球大氣「嘶鳴起來」。
以巨型颱風之姿顯現的神獸——古伽蘭那。
不負其天之公牛之稱，天塌下來的壓迫感籠罩四面八方。
地面上的人們，只能看見那巨蹄的底部。
「杞人之憂」這成語的典故，是曾有個杞國人擔心天空會掉下來。
但在這一刻——意思顛倒了。
杞國人的憂慮居然成真了。
金星與蒼穹的化身女神伊絲塔之力，與其座牛的巨蹄——
要將天空砸進史諾菲爾德森林。

美國上空

×

×

在比平流層更遠離地球的高度。

提亞・厄斯克德司以腳朝天蓋，頭朝地表的方式目視了那個瞬間。

「……」

颱風的形狀出現些微扭曲，雲團一角膨脹起來，往史諾菲爾德森林伸長。

但他真正注視的不是那裡。

而是還要更往東北去。

雲層尚未掩蓋的史諾菲爾德北部溪谷。

提亞將幾顆水果大小，飄浮於周圍的「衛星」在眼下列成一排。

接著各衛星周圍的空間產生扭曲，形成一連串透鏡，放大地表附近的景象。

一個影像就此藉魔術造出的仿製望遠鏡，浮現在中氣層的虛空中。

映出的是立於溪谷的集團。

有好幾張提亞熟悉的臉。
然而他們應該不認識提亞。
或許有人已隱約感覺他的存在，但也頂多如此。
在提亞眼中，他們與路人無異——
可是對費拉特．厄斯克德司而言就不同了。
對於他所寄宿的青年，艾梅洛教室是無可取代的「棲身之所」。
由於相處了很長一段時間，所以他們很了解費拉特。
對他來說，不僅是教室，連那裡的人都是他的歸宿。

「嘖……」

提亞操縱循環於周圍的魔力，往地面緩緩降落。
是該斬斷後患與留戀收拾過往，還是鑑於他們曾經照顧費拉特而慈悲相待呢？
在無法決定這極端二擇的狀況下——
提亞隻身面對藍星，返回邁向破滅的史諾菲爾德。

×　×

史諾菲爾德北部　溪谷地帶

一名女性望向藍天，彷彿要觀看白晝的星辰。

雲似乎都被西方的颱風吸走，溪谷地帶依然藍天廣布，她以戴有戒指的左手遮擋刺眼光線。

「瑪麗學姊，怎麼了嗎？」

卡雷斯・佛爾韋奇注意到她的變化而出聲關切，瑪麗・利爾・法果將視線移回地面回答：

「沒什麼。只是覺得有東西從星辰的領域在窺探我們而已。」

聽她這麼說，一旁的伊薇特・L・雷曼也望向天空。

「咦咦～？假如天體科學姊這樣說，感覺不會只是什麼小事吧！」

「這個嘛……因為地面的狀況就夠糟了吧。」

戴眼鏡的巨漢奧格・拉姆這麼說之後，其視線彼端——史諾菲爾德森林的方向，呈現的是纏繞雲氣的某種「巨物」剛從天劈下的景象。

狀似巨蛇的詛咒和魔力團塊，就要被挾帶暴風、雷電和神氣的巨型蹄狀物給踏碎。

不是天上有摩天大樓掉下來那麼「簡單」，那個畫面簡直該用艾爾斯岩和下爆氣流一起砸下來形容。

「我實在不太想考察那究竟是怎麼回事。」

奧格豎指推高眼鏡，一旁的男子跟著聳肩。

「教授一眼就能看破了吧。他每次都會說中各種推測裡面最糟的情況，頭痛胃痛一起來。」

費茲格勒姆．沃爾．森貝倫雖然說得像是揶揄，但他接著自言自語似的低語：「而且就算知道是最壞的狀況，他還是會把事情澈底解決呢。」並加以苦笑。

在這群已擁有眾多傲人實績的年輕魔術師眼前，神代的再臨與否定於此的拒絕之力發生正面衝突。

十數秒後，結果抵達了溪谷。

那般龐然大物從天壓下，卻沒有帶來任何地鳴或震盪。

只有竄遍世界，飽含魔力與詛咒氣息的強風。

秒速踰五十公尺的氣流席捲沙塵，在森林周圍狂嘯。

在指揮抒情曲般的運指下，偉納・西查穆德輕聲奏起他的詠唱。

隨後，不知何時散布於溪谷周圍的無數蝴蝶同時振翅。

那全是釋放著朧月淡光，由魔術製造的使魔。

下一刻——蝶翼搧起的輕風，漸漸吹散能輕易掀翻車輛的強風、沙塵與瘴氣。

沒有強硬的屏障，就只是弱小使魔撥起漣漪構成結界的奇異狀況，可是周圍的每個人都沒有一點訝異。

將這一幕看在眼裡的監督官漢薩・賽凡堤斯神父，欽佩地對這一連串魔術做起推測。

——偉納・西查穆德聞名天下的蝶魔術果然名不虛傳。

——這麼年輕就登上色位，不愧是聖堂教會警戒名單上的人物。

漢薩雖也是教會一員，卻事不關己似的用樂在其中的表情觀察這些年輕的天才魔術師，以及加入了聖杯戰爭的青年。

同時感覺到站在周圍的這群人，每個都有與他相近的力量。

×　　×

數十秒前　史諾菲爾德　城區

『這個颱風威力非常驚人，請各位市民避免外出。務必同龍捲風發生時去地下室避難——』

市內的電視和廣播訊號不斷反覆播送類似警告，警報機刻意以煽動不安的音階高聲鳴叫。

原本只會在足以吹毀屋宅的龍捲風出現時才會響起的警報，宣告著同等災害的出現。

然而每個人都聽得半信半疑。

西方的確是有巨大的雲牆，可是現在連颶風等級的強風也沒有，城市上方也仍是藍天。

低沉的風聲不停從西方傳來，然而也只有聲音，又離得很遠，沒有把城市吹得亂七八糟。

能感覺到的僅僅是烏雲罩頂般的沉重氣氛。

有幾個居民懷疑根本沒有毀滅性災害，無視警告照樣出門，或是從西側窗口拍攝那團巨雲。

「氣氛是不是怪怪的啊？」

一身龐克裝的藥店店員一邊說，一邊往比自家更堅固的展演空間走。

「一下氣爆一下恐攻一下疫情一下隕石，世界末日就是這麼回事吧。」

即使是充滿反骨精神的他，也像是同情起政府機關要連續面對那麼多大災害，對避難指示什麼也沒多想，只因為「應該比自己那間破公寓和藥店安全一點」就前往展演空間。

「畢竟是地下室嘛……要是下大雨可能有點危險啦……」

結果就在這一刻──

「！」

不同以往的猛烈強風突然掃過全城，其中雨水和煙塵瞬時將整個城市變得一片朦朧。

「唔喔喔！這麼突然……喂……不是吧，真的假的！」

龐克青年是有生以來頭一次遭遇這樣的暴風。

他趕緊奔向展演空間門口，可是風把他的腳吹得不聽使喚，直接摔倒。

還有一台被風掀翻的空車往他滾來。

「啊……慘了……」

來不及閃避的龐克青年已經準備等死。

可是眼前竄來一道人影，抱起他就地躍起。

並以滾來的汽車為踏台跳離現場，找個合適的窄巷放下他。

那人是一名警官。

「沒事吧？趕快進房子裡！」

「好、好！」

龐克青年還沒反應過來，愣得直眨眼。

「呃，那個！……謝、謝謝。」

即使對警官非常人的動作又驚又疑，青年仍老實道謝。

而警官也像是沒想到他會道謝，愣了一下後對青年笑道：

「沒什麼，這是我的工作。」

代號「二十八人的怪物（Clan Calatin）」之一的約翰救助市民後，繼續在被暴風吞噬的城裡奔走。

「剛才那樣應該不牴觸隱匿神祕原則吧……」

約翰決定用「被風吹的」蒙混過去，不遺餘力地策動雙腿。

警察局長的使役者大仲馬，以寶具暫時賦予他超越人類的力量。

這些日子下來，他也還沒完全習慣。與非比尋常的強敵戰鬥時能自然使出的力量，到了離開戰鬥的現在，感覺有點無所適從。

現在，約翰正與幾名同事到處巡邏，為隱匿神祕努力敦促居民迅速避難。

聽說還有一天，破壞就要降臨這座城市。

然而局長表示，為了阻止破壞，他們要掙扎到最後一刻。

約翰雖是魔術師，但他更認為自己是一名警員，非常高興局長做出這樣的決定。

真的很高興。

——「你們就是正義。」

投身於這場戰爭時局長說的這句話，如今依然支撐著他。
這短短幾天內發生的種種，成了約翰在暴風雨之中持續奔跑的原動力，也堪稱理由。

——「你恨衛宮切嗣嗎？」

忽然間，約翰想起某人的聲音。
那是誰問的呢？
印象中是在局長室前遇到的。
像是少女，又像是少年。

——「你母親搭的飛機。」

——「不是意外。」——「也不是恐攻。」

——「是魔術使。」——「打下的。」

——「偽裝。」——「隱蔽。」

好像還說了很多話。

那聲音令人惑亂，心神不寧。

約翰在風吹雨打下救助人民的同時，過去的記憶在腦海一角甦醒過來。

聽見那句話的同時，他感到靈魂都為之激盪。

感到憎恨控制了全身。

可是，他已經克服了。

全拜局長所賜。

所以還能戰鬥。

因為他下令保護這座城市？

不，因為這是自己選的路。

約翰打從心底如此相信，不斷向前進。

身體好輕。

甚至有不屬於自己的錯覺。

所以，別擔心。

就算我不再是我自己。

就算不再是人，也一定——

能夠繼續守護這座城市。

約翰一路都在想著這些事，以致沒注意到——

自己現在究竟是什麼狀態。

那都是後話了。

× ×

溪谷地帶

「話說回來，你的效率怎麼變得這麼好。如果不是我上次看過以後你又做了什麼特訓，就是狀況很糟吧？」

露維雅潔莉塔．艾蒂菲爾特觀察設置於周圍的「蝶結界」狀況並如此問道。效率變好，卻說狀況糟。對於如此奇怪的評語，偉納繃緊表情，頷首肯定。

「是啊。我的魔術已經是近乎完美的表現，『簡直糟糕透頂』。」

注視森林的遠坂凜聞言頭也不回地說：

「偉納的魔術狀況這麼好，表示……這一帶也『開始模糊了』……沒錯吧？」

西查穆德家的蝶魔術，是以毛蟲結蛹羽化成蝶這般「變成完全不同生物的神祕」為基軸。也就是藉由掌握萬象更迭的模糊時刻，確切與不確切之間的「朦朧」以干預世界的魔術。

這樣的魔術「近乎完美」，只暗示著一個可能。

凜厭惡地望著森林，說出這個事實。

「要是放任不管，世界真的會被改寫（終結）。」

人類世界已以森林中的神殿為中心逐漸變質。

現在能感覺到的是魔力與空氣的性質變了，而這個影響會逐漸擴及物質層面。再這樣下去，神殿會出現侵蝕世界的「特異點」。

況且事態不會就此結束。

隨後由工業區擊出的魔箭，再一次帶著巨蛇般的詛咒纏上那隻巨「腳」。

彷彿第一波的九支箭只是小探虛實——或許只是引出那隻「腳」的餌，接著才要正式進攻。

「哇～該怎麼說，我快要覺得不該來了～」

「不過這種的不來才會後悔吧？」

「也是啦！這種的實在很難有機會看到。」

樂蒂雅和娜吉克這對潘特爾姊妹望著城市西方的異象如此對話。

露維雅聽了，以甚至令人覺得優雅的動作聳肩說：

「哎呀，只要常跟老師實地調查，這種的還挺常見喔？」

「真的。老師老是遇到這種的，我都懷疑是他搞出來的了。」

凜不知想起了什麼，嘀咕著同意。

與如此對話稍離幾步之處，也有散發著野獸和爬蟲類氣息的年輕人在交談。

「從天上下來的那隻腳，無疑是神獸那類。雖然透明得跟水一樣，從這裡都聞得到那種壓倒眾生的味道。」

「蛇那邊，說不定是所有蛇毒和蛇咒的祖宗呢。」

「這……羅蘭，是你的使魔說的嗎？」

「我的蛇們(世界)都在畏懼、讚頌、怨恨、崇拜牠……太有趣了。」

聽了咯咯發笑的羅蘭．派金斯基這麼說，野獸少年——史賓．格拉修葉特眼神嚴肅地注視神代巨獸之爭開口：

「牠們把戰場弄得太亂，害我聞不到那個笨蛋的味道。」

「反正也只能請他離開這個地方……不，只能請他離開聖杯戰爭吧？」

偉納這麼說完之後，凜嘆出一大口氣，無力地說：

「想不到向監督官表明參戰以後，第一件事就是跟神明打架呢。」

在現況與自身存在融洽並存的怪異感之中──凜想起自己的導師、當海盜那段時間撿到的青年，以及關於他們的一連串事件而喃喃自語。

「其實老師……是真的想獵盡世上所有神祕吧？」

× ×

新伊絲塔神殿　頂部

「……」

「伊絲塔女神，請問怎麼了嗎？」

哈露莉見到伊絲塔無視眼前喧嘩，只是望著東北方而不禁詢問。

「嗯……是錯覺嗎，有種怪異的氣息……這個時代應該不可能會有和我有淵源的人類，該不會有烏魯克人的子孫吧？反正只是小事。」

伊絲塔聳聳肩，若無其事地轉移注意力。

「話說回來……」

一邊把視線移向神殿前方一邊說道：

「『真是太可惜了』。」

從屬從天踏下的前腳處。

纏繞於其上的巨蛇群，張口要啃食神氣構成的肉。見此，憑附在菲莉雅這媒介上的女神低聲說道：

「要是不墮落為復仇者，就能以純粹的神性做出同樣的事了吧。」

感受著朝她連續擊出化為神代巨蛇的魔箭那英靈的氣息，毫不畏懼，毫不警戒，也沒有任何傲慢——

就只是極其單純地以旁觀者角度說出感想。

「不過西方諸神（食客）本來就有很多怪人，一個比一個自私自利，又老愛把愛恨情仇牽扯到人類身上……就某方面來說，扭曲得那麼嚴重也是莫可奈何。」

「觀星山（奧林帕斯）所支配的人類，也被他們那種奇怪的價值觀搞得很慘吧。」

×　×

水晶之丘　最頂層

水晶之丘樓頂上，恩奇都輕聲呢喃：

「……『那』無疑是諸神之一，而且糟到極點了呢。」

周圍暴風狂嘯，可是風的影響在緹妮組織中的魔術師設於大樓頂部的結界下減輕了不少。

站在她背後的，是未曾見過的魔術師。

面戴風鏡，鯊魚般的尖牙令人印象深刻。

她以「出於無奈」為前提，表明自己是使役者——騎兵的主人。

即使不到毫不在乎的程度，對恩奇都而言也沒什麼好驚訝的。

因為他早已從接近的氣息性質知道對方與使役者相繫，也了解她沒有敵意。

所以在騎兵主人提出需以合作方式排除敵人——位在城市西方的「女神一派」之後，平靜地為她解釋。

不過平靜的只有語氣，內容充滿了藏不住的刺。

「這時代也有父母即使小孩百般不願，也照樣強迫他穿金戴銀，以滿足自己的虛榮心吧？差不多就是那樣。有些人就是會真心以為那種自私的行為是為了對方好。她只是語言互通，完全不想理解對方，也不覺得有那種必要。」

女魔術師懷疑地聽著恩奇都表情平靜地說出的那些話，但他並不介意，繼續說：

「無論她是本人，還是深染於此星的殘渣都一樣。因此，我必須否定那個女神……否定她的神殿。」

接著，他行雲流水地在樓頂上創造了「它」。

從恩奇都腳下冒出的礦物和植物纏繞著金黃鎖鍊，構成一道巨影。

那唐突的畫面卻是那麼地自然，使見者都不禁感到恩奇都先前的言語和神態，都是工程所需的錯覺。

實際見到這個過程的，只有女性魔術師這名騎兵的主人、緹妮那些把守在樓頂出入口的部下，以及恩奇都的主人銀狼。

可是見到「那個」成品的人，其實還有很多。

城裡的一般人，就算會在暴風雨中仰望水晶之丘頂端，也只會看見「樓頂發出微光」吧。

對於依然留在城裡的局外魔術師，會先注意到那濃烈的魔力，需要一點時間才能判別究竟是什麼顯現了。

那個以魔術造出的物體，是個怪異但不能說「絕不會有」的東西。

且因為體積龐大——位於北方峽谷的艾梅洛教室等人、移動中的劍兵他們，以及傲然挺立在西方林中神殿的女神也都明確目視到「那個」的存在。

森林中的女神臉上表情全消失，說道：

「……那個爛東西，這麼想把我當笨蛋是不是？」

位於溪谷的魔術師們也看傻了眼。

「拜託，那麼離譜的傢伙還不止那些喔？」

沙漠地帶的幕後黑手之一捧腹大笑。

「真的假的，太棒了！那是美索不達米亞式的玩笑嗎？可是美索不達米亞沒那種東西吧？」

仍在地下觀測的另一群幕後黑手安心嘆息。

「發生在大部分居民關窗以後，是不幸中的大幸吧。想不到會去感謝那場暴風雨……」

但是，最劇烈的反應並不在以上幾項。

而是出現在正往城市東方湖沼地帶移動的西格瑪。

不是他本人，是顯現在他身旁的老船長「影子」。

「……喂喂喂，有沒有搞錯！」

「嗯？怎麼了？」

「影子」老船長前所未有的激動反應，使得西格瑪不解地發問。

他也看見了出現在水晶之丘樓頂的東西，但並不特別值得詫異——只是讓他想起背上的弩。

然而老船長沒有解釋，先是咯咯笑了起來，然後頗為不甘地擠歪了眼。

「真是太諷刺了……怎麼偏偏就在看守的……那混帳東西的正下方呢！雖然我只是個影子，但直接在眼前造出那個東西，造出那樣的東西，也未免太過分了吧！」

笑個不停的男子視線彼端，在全城最高大樓頂端紮了根般誕生的物體是——

一座巨大到突出樓頂的捕鯨砲（Harpoon Cannon）。

「雜訊還是很重。」

在出現超現實巨大武裝的水晶之丘樓頂，恩奇都面對西方滿溢的神性皺眉低語：

「重到我都聽不見『那孩子』的聲音了。」

平時那抹微笑已然消失，反以略顯悲涼，以恩奇都來說非常難得的庸俗煩躁表情瞇細雙眼。

「若要阻撓人理，逼迫他人屈就於妳的傲慢，那妳也不過是個野獸罷了。」

並以仍然清澈的嗓音道出純粹的憤恨。

「妳根本比不上充滿崇高慈愛的人性惡之獸（Beast），現在的妳無論對人理還是這個星球來說……都只是個害獸。」

以平靜表情連聲吐露辛辣言詞的英靈，手扶著自己造出的「那個」繼續說下去。

「以這點來說，或許這本來不是用來對付『害獸』，但是……」

土黃色之間金紋閃耀的捕鯨砲，莊嚴得令人想起烏魯克的城寨。

恩奇都手扶底座，灌注自身湧出的神性魔力。

「女神伊絲塔，我就藉由人類睿智與術業的結晶，對妳下達最後通牒吧。」

無需對話。

彷彿早在數千年前就已經無話可說，恩奇都如此斷言。

為完成自己該做的事，他將自己平時不會用的字眼當作誓言。

「……妳給我，『閉嘴』。」

剎那間——

轟隆聲與炫光籠罩水晶之丘樓頂，彈開了暴風與豪雨。

捕鯨砲擊出有如彈道飛彈的巨大魚叉。

魚叉後方，繫著同以巨大組件串起的金色鎖鍊。

那道鎖鍊與恩奇都之前製造的武器性質相同，魚叉和鎖鍊化為一道劃破暴風雨的金光，往西方天空拉出金色的彩虹。

儼然是在攻擊的同時，為逐漸被神代空氣塗改的世界所架起的光明之橋。

巨大魚叉射穿象徵神之支配與暴虐的災風，不斷往西方猛進。

有如單騎殺穿無限軍勢的英雄。

×　　×

新伊絲塔神殿

「真——的是一點敬意也沒有耶……」

女神伊絲塔瞪著眼這麼說之後輕輕揚手，伸向逼來的巨大魚叉。

在她周圍以神殿為根基的空間噴發勢如江流的神性，要更加濃厚地塗改世界的「空氣」。

但魚叉和先前的飛彈不同，絲毫沒有減慢。

恩奇都的身軀本來就是神造兵器，具有能夠影響神祇的性質。

為了在人間行使神力而賦予的力量，如今化為抗拒神的力量猛襲而來。

「沒禮貌的爛東西。」

可是女神伊絲塔對此也瞭然於心。

她真正要以自身魅力支配的，正是此地的「空氣」。

將古伽蘭那送來的暴風壓縮、靜止，「轉化為具有黏性的氣體」。

她是天空的化身。

來自天空的一切都隸屬於她，化為其身體的一部分。

高熱包覆如隕石衝進大氣層般飛來的巨大魚叉，空氣也為之變色。

但仍不至於消滅恩奇都寶具「民之睿智（Age of Babylon）」的重擊。

迸射輝煌金光的魚叉即使速度減慢，也依然不停撕裂著女神伊絲塔新創的「諸神時代」。

雖然魚叉仍在不停拮抗，未有任何成果——有第三者發動攻勢的事實，已十二分足以影響戰場了。

×　×

工業區

在煙囪上不停擊發毒蛇魔箭的阿爾喀德斯，也見到了竄過天際的光鍊。

「……不是神，只是遺物嗎？」

空氣的變質，也使得後續擊發的箭矢威力不如起初。

可是他不以為意，繼續以龐大魔力行使數量的暴力。

九頭毒蛇前仆後繼地襲擊神殿的景象，宛如黑色的洪水。

而阿爾喀德斯的下一步攻擊——卻使那不再是形容，直接成為事實。

他緊盯鎖鍊另一端，女神伊絲塔的神殿，與他創造的巨蛇所緊緊纏繞的「天之公牛」說道：

「你們這些畜生只配跟奧革阿斯一樣下場。」

同時，他發動了寶具「十二榮耀（King's Order）」。

連發箭矢所造出的毒蛇化身，一到達森林就如水球般炸裂。

並就此化為漆黑的急流，開始吞噬森林。

阿爾喀德斯生前遭遇的種種考驗中，有一個叫做「奧革阿斯的牛圈」。

國王奧革阿斯要他在一天之內，將養了三千頭牛，數十年沒清理過的巨大牛圈打掃乾淨。比起考驗，更像是刁難。

奧革阿斯給出如此要求卻又反悔，最後死在他手上——但故事的本質並不在此。

他之所以能僅用一天就掃淨這從未洗過的牛圈，方法其實很簡單，只是超乎常人的想像。

靠蠻力改變牛圈附近兩條河的流向，將那急流直接導入牛圈的所在地。

如今的他以寶具的力量重現他豪奪的急流，象徵達成此偉業的力量，並灌注毒蛇的瘴氣與

「汙泥」的魔力，攪成黑色洪水沖進森林。

×　　×

？？？

「他」在狂亂的魔力流中思索片刻。

他並非無所不知。

不知道的還比較多。

連為何而活都不知道。

或許實際上，絕大多數生命都沒有這個問題的答案——但他想都沒想過這種事。

就只是為了生存，燃燒自己全部身心。

根本不需要去想什麼為何而活，他不斷地呼喊「生存」這本能賦予的純粹願望。

而現在呢？

他喚出的東西，使他存活下來。

純粹的殺意從他面前消失，還遇到自稱「使役者」的人物，保護他不受各種障礙的侵害。

這是他第一次嘗到安寧的滋味。
於是神經迴路出現喘息的空間。
使得他開始靜思。

不順從本能，而去思考。
不順從衝動，保持理性。

萌生自我之後頭一次不覺得自己有「生命危險」的處境，給了他第一次的思考。
思考自己是什麼人，為何而生。

某天，兩個生物來到森林。
外型與「使役者」很接近。
可是，氣息很快就告訴他——
一個與「使役者」恩人是同樣性質，另一個則是「與他一樣」。
由於沒有敵意，他嘗試接近認為是同類的個體，觀察「使役者」之間的對話。
不久，「使役者」們開始交戰。

一旁的同類非常慌張，而他知道雙方沒有殺意，就只是不明所以地望著那個景象。

他知道「使役者」具有極為強大的力量。

有那樣的力量，就能自由馳騁在大地之上了，可是沒有一個這麼做，使他非常疑惑。

後來，疑惑變成惶恐。

從某天開始，有股奇異的氣息出現在周圍土地上。

有包容的溫暖，同時又有不得違抗的壓迫感。

自從有此感覺起，「使役者」的氣息也出現變化。

表情和言語都與往常無異。

同樣將自己的氣息散布至森林和土地，面帶平靜笑容，卻總有種在忍耐著什麼的感覺。

只有一點點。

細微到是否能察覺都不確定，但他感覺到了。

感到「使役者」心中，也有主人拿武器追殺他時的相同氣息──憎惡與殺意的漩渦。

後來，籠罩城市的「溫暖卻非常恐怖」的氣息愈發強烈──「使役者」心中開始有像是悲傷的情緒。

表情仍舊一如以往。

聲音和態度同樣如常，總是保護著他。

就連在大樓頂端，當巨大的力量團塊逼來，土地受暴風雨侵襲的這一刻——

「使役者」也總是與他同在。

到這一刻，他才終於了解。

自己是「使役者」的牢籠，是鎖鍊。

和所謂「魔術師」的生物將他捆上鎖鍊，關進牢籠裡一樣。

「使役者」也有「自己想做的事」。

可是因為有自己在——需要保護自己的命，「使役者」無法隨心所欲。

注意到這點，使「他」心中湧上不曾有過的情緒。

那即是人類所謂的悲傷。

也可說是對自己的憤怒。

差點被自己的創造主殺死也不曾「憤怒」的他，很氣自己做了和創造主一樣的事。

在只知道拚命求生的那段時間，都無暇感受這些事。

他的願望與夢想，已經實現了。

「使役者」為他指出生存之道，保護了他。

那「接下來」呢？

他在萌生的自我中拚命地思考。

如果自己有所謂的願望。

如果有生存的理由。

那無非就是把自由還給眼前這個生命體。

「他」怎麼也無法忍受自己成為他人的枷鎖。

因此，希望能見證到最後一刻的他走向「使役者」。

為了對「使役者」說出「主人」的願望。

他向前踏出一步。

這次求生不是源自本能的逃跑，而是有明確的意志。

要為自己一無所知的世界——或是為自己而戰。

×　　×

水晶之丘　樓頂

戴風鏡的女性魔術師和緹妮的部下差點被魚叉發射的餘波吹飛，卻被樓頂湧現的金鍊接住，沒從大樓掉下去。

「……這就是英靈拿出真本事的力量嗎……」

戴風鏡的魔術師——朵麗絲．魯珊德拉，以喜悅與不甘交摻的眼眸試圖解析那強大的力量。

敗給遠坂凜之後，她將主人的權利讓給了艾梅洛教室。

可是由於「讓令咒最先寄宿的人作為觸媒比較穩定」，她仍加入了騎兵的主人之列。

當然，他們分享令咒並沒有經過嚴格的魔術誓約。

最讓她震愕的，不只是英靈的力量。

還包括能夠供給這般構築的魔力來源。

——會有這麼多的魔力流入使役者體內，而且還遠不止這些啊……

若是自己，光是造出這個捕鯨砲，魔力或許就要澈底枯竭了。

光是能連擊寶具這件事，對一般魔術師而言就已超乎常理。

想到這裡，朵麗絲將視線移向恩奇都的主人。

那是和他們一樣，由恩奇都的鎖鍊固定於樓頂的合成獸。

恩奇都的主人銀狼，在鎖鍊的保護下依附著恩奇都，有所擔憂似的叼著他的衣角。

「……啊，主人抱歉，害你擔心了吧。」

恩奇都大方道歉，輕撫銀狼的臉頰。

「放心吧，主人。我會保護你。只要你想要，我會留在這裡……假如我有個三長兩短，你就到最頂層那個女孩……」

交代到一半，嘴停了下來。

銀狼用力拉扯恩奇都的衣襬，以不曾有的強烈眼神注視他。

恩奇都領會了主人銀狼的意思，跪下來配合他視線的高度說道：

「主人，不必為我操心。我只是工具，為用到不堪使用而生……再說，等這場儀式結束，也只有消失一途而已。」

他對銀狼說話的身影，看起來頗為奇特。但凡是認識恩奇都這個人物的人，都知道那對他來說是很自然的事。

恩奇都這個英靈，無論主人是人類、精靈，或是合成獸，都一概將自己定位為「工具」。

自己不過是神創造的工具，所以明白自己是因此才能成功模仿連諸神都難以理解的「人」。

因此，他知道自己現在出現了故障——而自我分析過後，他認為原因出在西方湧現的神性，與侍奉在側的一柱英靈。

有鑑於此，恩奇都合理地選擇了能夠修正故障，且對主人最好的手法。

但沒想到，主人銀狼會有異議。

「……」

察覺銀狼意圖的恩奇都輕聲說：

「你只需要考慮你的願想……想著怎麼活下去就行了，我即是為此而來的工具。所以主人，在我排除對世界、對你的威脅之前，請先待在安全的地方——」

恩奇都再度遭到打斷。

這次是因為主人銀狼的嗚咽。

過去只希望「活下去」，以眼中強烈的求生之火召來恩奇都的銀狼，究竟有何想法？

雙方相視片刻，沉默不語。

銀狼與英靈。

合成獸與神造兵器。

以及主人與使役者。

短短幾秒就已經足夠。

恩奇都理解了一切，輕擁銀狼說：

「對不起，主人。一見到那個古老的女神(廢棄物)與……老朋友，我就差點忘了自己是個工具。」

「……」

「可是你……氣的不是這個，是氣我想回去當工具吧。」

恩奇都以平靜但略帶悲喜的聲音，對自己的主人說出感謝與懺悔。

「謝謝主人……我馬上回來。」

臉上是邂逅銀狼時那樣的親柔微笑。

主人銀狼當時生命垂危，沒能看清他的表情。

但是——銀狼仍感到與邂逅當時同質的氣息。而他覺得，或許這恐怕是最後一面，恩奇都才會用邂逅時的表情這麼說。

銀狼最後一次注視恩奇都，對開始狂亂的空間發出宏亮的長嚎。

「但願……你能自由發揮你的生命。」

說罷，恩奇都躍入空中。

銀狼沒有搖尾，沒有低吼，就只是目送他的背影。

望著與他相伴幾天的人，為自由「生存」飛翔而去。

其實銀狼也明白——

無論世界將走向何方，自己的命運也不會有多少變化。

和表示很快就會消失的恩奇都一樣，生命無法天長地久。

還有幾個月、幾週，或是幾天，沒人知道。

何況銀狼沒有時間觀念，換成什麼單位都一樣。

對他而言最重要的，是恩奇都對他展現何謂「生存」。

家人、朋友與主從。

生為合成獸的銀狼「不懂」那些概念，也不打算去理解。

他只知道──「主人」和「使役者」的關係。

不知誰尊誰卑，也不感興趣。

恩奇都要銀狼把他當成工具──但是現在，銀狼卻主動否定了「使役者」的意義。

即使削去主人與使役者這兩個詞的所有意義，使其淪落為單純的字串，「不求代價的陪伴」

仍是他心中唯一不變，無法撼動的關係。

足夠成為他活到明天的理由。

足夠成為活到今天的理由。

因此，銀狼十分想見到──

自稱恩奇都的使役者為自己而「生存」的樣子。

好在生命告終之時，能說他們「一起活過」，不只是「一起存在過」。

他們沒有值得在史冊記下一筆的冒險經歷，也沒有培養出至死不渝的愛。

但儘管如此——

目送僅相處幾天的同伴離去時，銀狼的神色頗為驕傲。

幕間

「Backroom rhapsody」

史諾菲爾德東部　湖沼地帶

「我是不會說什麼『如果我那時候也有就好了』，那畢竟是用神力造出來的東西。就算我能用那個把牠轟得七葷八素，也不是我……不是人類的勝利。」

老船長「影子」略顯不甘，卻又打從心底愉快地笑著。西格瑪雖不太懂他在笑什麼，卻很羨慕他能笑得這麼開心。

「不過我們『影子』，就只是『看守』認為本人在這裡會怎樣行動而重現的複製品罷了。那傢伙才不會去算這算那，跟單純的魔術機關沒兩樣。」

「……由我這樣的第三者來看，那跟和本人對話沒兩樣了。」

「影子」化為有羽翼的青年，警告似的說道：

「這樣好嗎？如果有人能用幻術製造我們的假象，你可能很容易就會上當喔？」

「假如欺騙的理由存在第三者的意圖，那就不是本人了。」

「原來如此，你是這樣想的啊。」

「就算是本人，會背叛的時候就是會背叛嘛。不是想說哲學僵屍什麼的，可是我也沒多少魔術素養。與其思考對方的真偽，不如想想在每個瞬間，對方如何對我造成影響。就這麼簡單。」

說話的同時，西格瑪想到兩個正好相反的人。

一個是叫拉姆達的人類，曾與幼時的西格瑪共處，已經不在了。

另一個和「影子」一樣，複製自英靈座的刺客使役者。

前者悄無聲息地背叛西格瑪，而西格瑪反殺了他，沒有任何感想。

後者才剛認識西格瑪，就基於自己的信仰或信念，和他聯手對付魔物。

即使剛見面時差點死在她手下，昨天臨別時卻說：「我想救人到最後一刻。」甚至對這樣的西格瑪微笑。

是本人或複製品，根本就沒差。

西格瑪覺得與幼時那些「指導者」相比，這些複製出來的「影子」還有人性多了。

是真是假，抑或單純是靈魂的複製品。

這種複雜的問題，說再多自己也不懂。

無論對方是誰，彼此之間的關係產生的結果才是真的。

快把全世界的喜劇影片看爛了的西格瑪忽然想到——

說穿了，那每一段影片也都是複製品。

而且還是照劇本演的，說不定於裡於外都不是真品。

那麼喜歡喜劇的自己，站在這裡的自己是假的嗎？

若自我是由贗品塑造而成，那自己的感情，或者自我，究竟算什麼呢？

西格瑪想了想便搖搖頭，覺得沒有意義。

因為他本來就是連自己都信不過的人。

無論自己是真是假，也只能把可以出的牌都打出去。

畢竟他必須從神和政府手中搶救繰丘椿這名少女。

這是他的選擇。無論自己是否可信用，骰子都已經丟出去了。

最後自己究竟是真是假，就給別人界定吧。

不論真偽，還是最後的印象決定一切。

這麼想之後，西格瑪忽而在內心低語。

——那媽媽是怎麼想的呢？

——和衛宮切嗣這樣的「傳說」並肩奮戰，付出生命，最後又看到了什麼？

想到這裡，西格瑪自嘲地笑了。

腦袋被轟飛，連自己最後看到什麼都不知道的人，何止千萬啊。

注意到自己光是覺得母親在最後或許找出了些什麼，就突然詩情畫意起來，使他不禁苦笑。

——啊，說不定等一下我的腦袋也會搬家呢。

——既然這樣……也該找出點東西才對。

找什麼？如此自問的西格瑪頭一個想到的，是刺客最後留下的笑容。

「我的信仰嗎？」

對於在沼地慎重潛行並不時低語的西格瑪，化為蛇杖少年的「影子」淡淡地笑著說：

「不如自創新宗教算了？如果是抵制希臘眾神，以務實的醫學主義為教義，我很樂意幫你。頭一個要拉下神壇的就是阿波羅。」

「把醫學當成神崇拜嗎？就算我來辦，也只會造出穿白袍或護士服的怪神吧……還有，那個阿波羅是誰？」

「他是……沒必要知道。一個很無聊的男人。」

「是喔。名字還挺搞笑的，所以有點好奇。無聊就算了。」

西格瑪一邊說，一邊思考「影子」們的事。

——最近好像很常開玩笑……是錯覺嗎？

想著想著，少年形象的「影子」說：

「看得見了，躲在那片岩石堆裡。」

「好，謝謝。」

西格瑪隨即發動魔術消除氣息，做好準備並接近岩石堆。

「喂。」

頭頂上突來的呼聲使那群士兵急忙舉起突擊步槍。

「我是『欠缺』，你們是『荊棘』吧？」

「……別嚇人啦。這樣冒出來，被幹掉也算你活該喔。」

喚作荊棘的男子見到自報代號的西格瑪後，手指鬆開扳機，稍微移開槍口。

依然保持隨時能開火的姿勢，是因為他們在幾天前接到命令，要監視西格瑪和劍兵他們吧。

這支代號「荊棘」的隊伍是法迪烏斯的私人特殊部隊，為了能夠快速壓制魔術師，渾身上下都是重武裝。

「我的無線電壞了……你們聯絡得上『家畜』嗎？」

「……叫我們待命之後就沒消息了。定時回報會有人答應，但都是他那個女部下，不是『家畜』本人。」

同樣冠上代號「欠缺」的西格瑪，對他們問起代表法迪烏斯的「家畜」——但純粹是演戲。

根據「影子」的情報，法迪烏斯已經放棄幾個重要性低的小隊，只和近似近衛兵的小隊採取祕密行動。

可想而知，這些「荊棘」就是法迪烏斯的棄子。

西格瑪心裡也有數。

他們曾在幾天前與劍兵接觸過。

當時劍兵帶了些食物來慰勞「荊棘」，儘管有發生一點小衝突，最後仍得到接納。

他們不一定是真心對劍兵敞開心胸，身為特殊部隊，也很可能只是裝作接受。

可是看在法迪烏斯眼裡，兩者都是危險因子。

法迪烏斯無法忽視劍兵被主人下了洗腦魔術一類的可能。

畢竟他現在的作戰——在毀滅這座城市與土地之前帶走聖杯基座，是祕密中的祕密。只要稍微有疑慮的部隊就要捨棄。

看守透過「影子」給西格瑪的情報，讓他比他們更了解他們的立場。

因此——他要利用這點。

他得知在城市北部，有些人為阻止西方的神性而聯手。

可是那些人恐怕不會相信屬於幕後黑手這邊的他。

如果劍兵和綾香是這個同盟的盟主，或許會大方邀他加入，可是西格瑪知道這可能會對這場合作關係帶來雜音，需要避免。

所以他開始行動。

要從後台拉下「主角」。

成功率很低，死亡率極高。

然而，他們沒必要對怪物擊出銀彈。

為執行這僅限於後台的戰法，西格瑪說出第一步要說的話：

「連你們都沒聽法迪烏斯說啊？」

「嗯？說什麼？」

「城裡的『豺狼』、『黑桃』和『酒杯』都全滅了，所以發動了『極光殞落』作戰喔。」

「唔！你說全滅？還有那是什麼作戰？我怎麼都沒聽說過？」

西格瑪能感到他們面具底下的臉全僵住了。

接下來要是答得不好，馬上就是一場槍戰。

西格瑪不懂人心。

然而——他順從心中萌芽的「善良信仰」，淡淡地說出虛實交摻的話：

「我的頻道也被法迪烏斯封鎖了，是因為當了主人才知道的。我們好像變棄子了。」

「……『極光殞落』的內容是什麼？」

「明天，要讓整個城市從地圖上消失……連同我們一起。」

僅是如此，他們就明白實際上如何操作了吧。

一般而言，這很難以置信。但他們是法迪烏斯的部下，了解他的個性，也知道他上面的人有這樣的權力。

更進一步地說，要是從西邊逼近的颱風與魔術世界有關，那麼不做到那種地步還真的恐怕無法收拾。

西格瑪等對方理解狀況後才緩緩開口：

「我們被拋棄了。想跑就跑，我不會阻止。假如想聯絡『家畜』也請便，不過可能會死得比較早呢。」

「……那你自己呢？」

「我要把該做的事做一做。這個小問題解決掉以後，高層說不定會改變主意。」

接著，魔術使開始商量。

這個沒口才、話不多，別人和自己都信不過的男子——

要對抗人神雙方的暴虐。

「有人想幫我嗎？」

或是，想演一場跳進毀滅的喜劇。

「我的使役者……『查爾斯·卓別林』還在喔。」

第二十五章
「暗影結束幽谷之行」

「……終於來啦。」

菲莉雅以自身權能拮抗那巨大魚叉，對著金色鎖鍊另一頭——東方的天空憤恨地低語。

變化，來得又急又大。

彷彿童話裡急速成長的魔豆，金色鎖鍊瞬時漲大。

恩奇都只是奔於其上，腳底接觸的部分就迸出大量魔力。

「撲通、撲通！」如心跳般，恩奇都奔馳在金鍊上。

濃烈的氣息直線逼來。

菲莉雅早在幾天前就發現這股氣息在窺探她的所在，但不曾試圖接近。

她趁建造神殿之便，一道支配了「那個」共生的森林，藉此挑釁，不過氣息仍按兵不動。於是菲莉雅推測，喚出恩奇都的主人不是行事極為慎重，就是弱到恩奇都不得不保持守勢。

「一感覺到我就無視聖杯戰爭，直接殺過來便可以和吉爾伽美什合作，而你卻沒那麼做。」

稍微垂眼，吐出懷想太古之昔的呢喃後，女神伊絲塔抬起頭。

「想怎麼樣都隨便你。不偽善也不偽惡，只為某人而生也是一種美德。」

「伊絲塔女神……？」

在前方控制狂戰士的哈露莉，感覺到背後女神伊絲塔的神性膨脹而回頭。

女神來到其所任命的祭司長身邊，瞪視由東方逼近的敵意，臉上浮現無畏的笑容並將右手伸向空中。

「可是……」

下一刻，女神伊絲塔神力高漲，「魅惑」森林與城市之間的大地。

「連逼迫他人接受自己都不會的爛東西還敢汙辱我，簡直醜陋至極……不需要你的賠償、贖罪或後悔，就給我什麼也不是地頹圮、腐敗、乾涸、掙扎，然後『粉身碎骨』吧。」

女神伊絲塔顯現於這個時代後，第一次表現出明確的敵意。

「……唔！」

彷彿世界毀滅了七次的惡寒竄過哈露莉全身。

若沒有女神伊絲塔的加護，並獲得神殿祭司長的精神力，她恐怕已經精神崩潰，甚至失去生命跡象了。

而即使是那樣的敵意和殺意，在女神伊絲塔的釋放下，都能化成魅惑世界的聲音。

因果倒轉。

冰冷的大地遭到魅惑，獲得近似有機智慧生命體的機能，甚至情緒。

像是巨大動物，或小動物群體。

大地如黏土動畫般隆起，變成狂亂的大海，混雜著暴風雨襲向進逼的恩奇都。

「……」

另一方面，恩奇都一語不發。

好似不需言語，也不值一提，只是對女神伊絲塔投射敵意。

他對魅惑的力量不屑一顧，恩奇都所接觸的空氣和鎖鍊皆否定女神的一切。

成為女神的狂熱信徒而襲來的大地，恩奇都光是用物理方式就穿過了。

他一腳又一腳地踢開土石駭浪，藉蠻力突破來自上下左右的敵意。

單純的蹬踏也能踏出如雷爆音，碎裂的岩盤直接連成細小鎖鍊，複雜交纏著包覆金鍊。

化為守護金橋的光輝隧道。

恩奇都往魚叉灌注力量，攻向諸神的時代。

伊絲塔看著與空氣拮抗的魚叉逐漸接近神殿，瞇起眼睛。

「這爛東西也真行。」

接著對一旁忐忑不安的哈露莉下令：

「叫狂戰士去幫忙擋住那個爛東西。毒蛇全交給古伽蘭那就行了。」

「唔！遵、遵命！」

哈露莉立刻照辦，以主人身分命令狂戰士。

要它去阻擋——或直接破壞只剩一小段距離就要抵達神殿的恩奇都。

狂戰士的巨大身軀在暴風雨中發出低沉的擠壓聲，前往東方的天空。

解除了阻擋巨蛇與洪水的一切機能，將其目標全部重新設定為恩奇都。

這可是傳說中連從前的英雄王吉爾伽美什都感到畏懼的神之森林守衛。

面對那駭人怪物——

曾親手殘殺成肉片的老朋友，恩奇都低聲說道：

「我會跟妳好好聊聊的……胡姆巴巴。」

並在說話的同時往四肢灌注魔力。

「我給妳畏懼、加護和安寧……在那個女神閉嘴以後。」

下一刻，恩奇都迅如雷擊地猛衝，瞄準立於神殿的女神。

但名喚胡姆巴巴的巨獸——狂戰士擋在他的面前。

動作敏捷得不像是龐然巨物，然而她沒有反擊。

哈露莉和狂戰士自己，都切身感受到恩奇都的力量而選擇防守戰。

因為顯然只要露出那麼點破綻，就會從那裡整個撕裂。

即使是能將現代飛彈之雨盡數擊落的狂戰士，那股威壓也逼得她不得不採取守勢。

諸神為了在人間打下楔子而創造的「武器」，見到對方為保護女神伊絲塔而全力防守，不禁說道：

「這下傷腦筋……我不太擅長打消耗戰。」

生前的日子，真教人懷念。

恩奇都回想著與摯友吉爾伽美什的決鬥，說出那句話：

「我頂多『只能撐三天三夜而已呢』。」

不是挖苦，也不是諷刺，那是恩奇都由衷的心聲。

如果可以——他多麼希望那場決鬥不是只有三天，而是永無止境。

×　　×

溪谷地帶

「狀況有變了。」

艾梅洛教室有人見到帶有龐大能量的東西從水晶之丘樓頂疾飛而出，接觸伸向空中的金鍊時如此說道。

而這句話，同樣能描述溪谷的現況。

幾乎同時，有兩匹馬從城市東方來到這裡，來自市中心的警察隊和緹妮那些穿西裝的部下也到了。

「……居然想跟策劃這場聖杯戰爭的人對話，你們是認真的嗎？」

緹妮．契爾克的女秘書以懷疑的眼神交互看著艾梅洛教室的學生與警察隊。

於是，率領二十餘名警官赴會的警方代表貝菈．列維特不以為然地說：

「現在不是考慮關係或立場的時候吧？」

「……抱歉，我失言了。」

大概是認為出言譏諷只會損及主人緹妮的顏面，女秘書將話收回。她抑制住身為魔術師的自己，視線回到艾梅洛教室的眾人身上。

但視線又隨即移往那兩匹馬。

身穿甲冑，氣質剛健質樸的男子，攙扶著氣喘吁吁地緊抓他背後的女子，環顧四周後雙目閃耀地說：

「喔喔，太棒了！一看就知道，這裡每個人都是一流的魔術師！實力比自稱是我的宮廷魔術師的聖日耳曼還高！啊啊……不對，那傢伙怎麼看都是騙子，跟他比或許太失禮了點……」

見到劍兵如此輕易地說出自己的相關情報，幾個魔術師一時還懷疑他根本不是使役者，只是街頭藝人之流。

緹妮的部下雖然知道他是英靈，依然為那離譜的發言傻眼，漢薩被逗得捧腹大笑。

另一方面，大概知道他個性的警官則是苦笑看著他。

艾梅洛教室的學生有的不敢置信地皺眉，有的認真地低聲討論他的真實身分。

「他說聖日耳曼？」

「所以他是……路易十五……？」

「不，說不定是亞歷山大大帝……」
「拉科齊家的……？」
「我賭示巴女王爆冷……」
見到那幾個年輕人胡亂臆測起來，劍兵將馬騎到能看清西側森林的位置，咯咯笑著說：
「慢著慢著慢著，聖日耳曼那個傢伙是多沒節操啊！他是說過自己長生不老啦，還在我那個時代駕著這座城到處都是的『汽車』跑來跑去。難道魔術師平常都在做那麼不平常的事嗎？」
「聖日耳曼伯爵該不會是阿特拉斯院的逃犯之類的吧……？又接收到多餘的資訊了……」
劍兵聽眼鏡大漢這麼說而聳肩回答：
「那傢伙光是存在就會到處散布麻煩嘛。雖然自稱是宮廷魔術師，他教我的魔法也只有『消除寶石傷痕的方法』而已了。」
聽到這句話，幾個魔術師眼睛亮了起來。不過他們知道現在沒時間追問這個，沒有多嘴。
「喔喔！話說回來，他們打得好誇張啊！」
劍兵不把周圍氣氛當一回事，從崖邊雀躍地望著森林。
視線另一頭，「某種」巨物的腳踩進遭黑色洪水吞噬的森林，還有巨蛇纏在上頭。前不久還發生金色的連續爆炸，不時有巨大岩盤飛上天空。
「所謂的聯手，是要跟那邊的『什麼』打嗎？如果我是顯現為騎兵，還能以軍為單位分給你們力量，不過我是劍兵。」

眼見那個乖離現實的景象，劍兵與高采烈地分析起戰力。

然後想起什麼似的調轉馬頭，對在場眾人自我介紹：

「那麼，請原諒我留在馬上！我是以劍兵靈基參與這場聖杯戰爭的使役者！不下馬不是因為我的身分，是因為主人嚇得腿軟，不方便下馬，還請各位多多包涵！」

「唔唔……我、我沒事，再一下子就能下去了……」

呻吟開口的少女慢慢抬頭環顧周圍。

——啊，教堂的神父先生……他沒事。

教堂崩塌以後就沒見過那位戴眼罩的神父。見到他別來無恙，綾香鬆了口氣。

——太好了，貝菈小姐他們也沒事……咦？

這時，綾香注意到一件怪事。

那群不屬於警察隊，也不屬於西裝集團，服裝不統一的年輕人都瞪大眼睛盯著綾香，小心翼翼地察看她。

「是沙條耶……」「那是植物科的綾香沒錯吧？」「染頭髮了？」

在如此低語聲中，綾香打個冷顫且倒抽一口氣，連腿軟都忘了。

「咦……怎、怎麼會？」

因為綾香「不認識他們任何一個人」。

一名看似日本人的紅衣女子眼神凌厲地觀察著她，然而綾香還是沒印象。

見到她惶恐的樣子，年輕人們又不解地交頭接耳起來。

「可是沙條人在羅馬尼亞，這點已經確認過了。」

「應該沒搞錯吧……」

「是嗎？完全不像耶？沙條的味道比較圓潤但有層次。」

「史賓只是不用外表看人吧。」

「不過……既然史賓都這樣覺得，那她肯定是別人了。」

不認識的人們，對自己指指點點。

綾香很久沒有這種「遭命運無理捉弄」的感覺，她提振精神下馬，鼓起勇氣開口：

「你們……」

年輕人們對綾香的聲音起反應，一起看過來。

相仿年紀所難以想像的壓迫感，使綾香不禁退卻。

但不知何時也下了馬的劍兵輕輕扶住她的肩。

「不用怕。」

「……嗯，謝謝。」

綾香鎮定下來，對年輕人們問：

「剛才你們看到我以後說了一些東西……那究竟是什麼意思？你們……認識我？」

上前一步回話的，是他們之中比較強勢的女子。

「不，我們不認識。不過準確說來，我們已經在幾天前就知道妳的存在。」

「咦？」

「其實我們也很想知道妳究竟是什麼人。如果我們信不過你，大可以妳會背叛為前提談合作……可是面對妳這種來歷不明的東西，問題就不是警戒那麼簡單了。」

那名女子驅趕周圍同伴似的搖搖手說：

「好了好了，她的身分我來調查，你們趕快回去觀察森林吧。都明白世界可能在我們講到一半就毀滅了吧？」

其他人聽了聳聳肩，對森林的異狀開始布置魔術道具和魔術陣。

紅衣女子目不轉睛地直視綾香，並直接發問：

「那我現在正式提問，妳到底是誰？『為什麼長得跟沙條一樣』？」

「……咦？」

綾香眼前忽然一陣歪斜。

即使不懂那是什麼意思，她仍繃緊腹部反問：

「什麼為什麼……因為我是沙條綾香啊……等等，有人跟我長得一樣嗎？」

「答案是『沒錯』。雖然頭髮顏色不同，外觀上沒有任何區別。那我……換個問題好了。妳認識『冬木』這個詞嗎？」

「……認識啊，我老家在那裡。」

「嗯……冬木哪裡？新都？深山町？穗群原？」

「咦？這個……？」

頭好痛。

過去在陣陣抽痛。

記憶扭曲。

在腦子剎那間布滿雲霧的錯覺後，綾香腦中勉強浮現那個地名。

「玄木坂……的蟬菜……公寓？」

這名字使紅衣女子眉頭一皺，但只有綾香身旁的劍兵看見。

綾香剛來到這座城市，在警局報出身分時，對方只說「會查查看」，沒多深究她的過去。

若當時就此留在警局，說不定會因為資料與日方不符而嚴遭偵訊。

不過那種事沒有發生，綾香仍以「來自日本的沙條綾香」身分留在這座城裡。

於是她——認為自己就是沙條綾香的她，始終沒有抱持疑問。

因為不曾有任何人「逼」她面對這個問題。

「妳能說出任何一個在冬木的朋友姓名嗎？」

紅衣女子不是責問，但也沒有親切到哪裡去，就是事務性地持續提問。在劍兵看來，那並沒有惡意，以魔術師而言，已經是十分正派且和善的漸進提問了。

所以劍兵沒有打斷，只做好能隨時應變的準備。

「朋友……？」

腦袋裡的霧更濃了，但綾香沒有逃避。

——現在不能逃避。

——在這時放棄，這團霧就再也不會散去。

她不斷在記憶裡翻找，往至今都不敢直視的「冬木的回憶」伸出手。

「對……有。我在那裡有朋友……」

霧濛濛的思索中，綾香想起一件事。

有些長相記不清的人在呼喚她的名字。

「他們說，我的名字是綾香。說我是沙條綾香……」

「接著說出『告訴她名叫沙條綾香』的人」。

「後藤……劾……和……角隈……？」

「啊？……咦，妳是認真的嗎？」

一聽到這些名字，紅衣女子表現出不同以往的訝異。

「真沒想到會在這裡聽到那些名字……聽妳說蟬菜公寓，還以為會提到冰室先生呢。如果想騙我，也該說美綴或三枝才對……哼……若是想混淆我，那妳倒是很成功。」

「？？？」

「等等，現在怎麼看都是綾香比較混亂吧？」

劍兵幫忙說話，順便插起嘴來。

「嗯……總之就是綾香跟你們的朋友長得一模一樣，名字也相同，卻完全是另一個人……這點讓你們很難信任她吧？」

「不然呢？」

紅衣的女魔術師即使警戒，說話態度仍保持對等。

劍兵一眼就能看出來，那與主人看待使役者，或魔術師看待使魔那樣的高度不太一樣。

——但也不至於完全放下自尊心……

——其實她很慣於這種事吧。

——多半是對使役者或英靈相當了解。

——再加上……她很清楚「冬木」的事。

根據這些跡象，劍兵又照常大刺刺地暴露自身資訊。

「嗯，多半是妖精們的變身環之類的吧。妖精很恐怖喔，做什麼都難以預料。還有很多只把人類當成紙上的塗鴉呢。」

「劍兵？」

「所以你想說什麼？」

綾香和紅衣魔術師都懷疑地看過來，然而劍兵不閃不躲，嘹亮地說道：

「複製器物、幻術、幻獸、吸血種。在這個時代，還有靠醫學的力量改變臉孔的技術吧？甚至用易容術或化妝也做得到。讓綾香這個人不止一個的原因，可是和天上的星星一樣多。所以問題不在這裡。」

劍兵自己「嗯、嗯」點著頭繼續說道：

「在你們眼裡，綾香肯定很可疑，無可厚非。可是對我來說，從被召喚過來到這一刻的每分每秒，綾香都值得我的信賴。」

「你是要我們相信你這個使役者？」

「不是喔？我是說，我能替你們擔保。」

「擔保？」

這時，劍兵維持笑呵呵的表情說：

「『因為我想證明綾香是好人，才沒有在這裡把你們都殺了啊』。」

「……咦？」

抬頭發出錯愕聲音的，正是綾香本人。

劍兵像是沒聽見主人的反應，繼續淡淡地說：

「叫我們過來談合作，結果卻單方面質問我的主人。這對我來說，已經足以把你們就地正法了。」

「喂，你這是……」

「綾香妳放心。開打的時候，我的隨從都會一起上。不會輸的。」

劍兵聳聳肩，說得不當一回事。

周圍氣溫頓時降了好幾度。
不僅紅衣女子，未參與對話，各自作業的魔術師們都頭也不回地切換了「開關」。
一旁的希波呂忒雖然表情輕鬆，身體重心亦已經改變。
在這個一觸即發的狀況下，綾香當然沒察覺氣氛變化，劍兵依舊傲然微笑，警察隊與緹妮的部下個個表情僵硬。

可是最先行動的——卻是唯一沒察覺氣氛變化的綾香。
她腦裡浮現前不久的夢境。
劍兵在某個像是要塞或城鎮的地方，將許多人「化為血海」的身影。
冷汗直流的綾香緊抓劍兵的手。
「劍兵！」
然後用盡所有力氣大叫：
「再怎麼樣，也不要開這種玩笑！」
「……綾香，妳覺得我在開玩笑嗎？」
「認真的更不行！之前不是說過嗎！需要弄髒手的角色由我來當！雖然沒有那種力量，可是我既然是主人，如果要殺人應該由我來下令才對吧！還是說你這麼信不過我？」

表情是前所未有地認真。

沉默鎮壓了全場。

在背後西方森林的劇烈衝擊、閃光和暴風雨，和僅限於蝶魔術結界中的異樣寂靜籠罩下，經過了幾秒彷若永遠的時間。

忽然間，劍兵像要打破緊張似的忽然收起那高傲的笑，對紅衣魔術師擺出小孩惡作劇成功的笑容說道：

「剛才那些，看起來像演戲嗎？」

「咦？」

搞不清楚狀況的綾香叫了一聲，紅衣魔術師無奈垂眼，重重地嘆了口氣回答劍兵：

「……ＯＫ，至少我知道你不是很會演內心戲的魔術師了。雖然不知道她是人類還是其他東西，但無論如何，可以確定她是個非常危險的『外行人』。」

「嗯。然後我正式向妳道歉。即使是裝的，表現殺意仍是無禮之舉。我就用接下來的表現給各位賠罪吧。」

「好吧，互相嗆聲這種事在我們那也是稀鬆平常，會道歉就算不錯了。我沒說不介意喔？不管怎麼說，都會請你們把事情做好就是了。」

周圍氣氛隨劍兵與紅衣女子的對話恢復原狀，魔術師們交頭接耳地說些：「哎呀，還以為要出事了。」「英靈真的好恐怖啊，完全不覺得有機會贏耶。」「還好啦，遠坂本來就很常這樣談判……」之類的話，便回去做自己的事。

「……啊？……真的是演戲？」

想了想之後，綾香才發現自己成了劍兵小短劇的角色。

「……劍兵？」

面對綾香的白眼，劍兵移開眼睛。

「劍兵？」

「沒關係嘛，結果好就好……唔喔！」

劍兵的辮髮被綾香用力一扯而叫出聲來。

「……好吧，我也知道你演戲是為了我著想啦……」

「哈哈哈。妳的善解人意也是一種美德喔，嗯。」

「想跟你道謝的心情，和想罵你怎麼可以把大屠殺當玩笑的心情，現在在我心裡交戰。該怎麼辦才好呢？」

看著綾香青筋暴露，嘴角不住地抽動，仍被揪住小辮子的劍兵短暫思考之後獻上妙計：

「這種時候就是要唱歌喔？我淪為囚犯的時候，也因為太寂寞而寫了首『我就在這裡，快來救我』的歌呢。然後我要為害妳生氣道歉，對不起！」

劍兵說得這麼有自信，讓綾香消了不少氣，但也察覺自己還沒有完全放心。

不僅是夢到聖日耳曼的事，主要是因為她了解到只要有一個足夠的理由，剛才演的戲就不會只是演戲，劍兵真的會橫下心來對抗在場所有人類──也就是他有這樣的性質。

就如劍兵所說，她的觀察力太敏銳了。

──不是善惡的問題。

──劍兵是真的不會「躊躇」。

他會澈底忽視行動後果的恐懼、罪惡感或不安等情緒。

抑或是正面承受那些問題，頭也不回地前進。

綾香不認為那是絕對的惡。

事實上，這樣的性質也救過她好幾次。

因此綾香更篤定自己的想法。

不能讓他單獨為自己背負無謂的汙名。

以主人身分正式結契時，她就已經決定了。

墮落時，就要一起墮落。

而紅衣魔術師看著重新下定決心的綾香開口：

「……妳在我們過來之前就出現在美國了，所以不太可能是為了嚇唬我們，要牽制老師或費拉特也有更適合的人選。老實說，根本沒必要選擇一通電話就能跟本人確認真偽的沙條。」

「咦？可以跟她本人……通電話嗎？」

「我試著問了，不過她一點頭緒也沒有，所以沒什麼意義喔？沙條懷疑會不會是認識的人做了什麼，結果根本沒關係。」

「這、這樣啊……」

有個和自己同名的人存在。

這樣的事實被人清楚地擺在面前──

綾香卻發現自己異常冷靜。

──奇怪？

──為什麼我能這麼鎮定……

一般而言，為自己到底是誰大哭大鬧也不奇怪。

可是現在的自己反而對認知到明確的矛盾感到安心。

無法理解為何安心，才讓她覺得不舒服。

──不，這件事一開始就很奇怪。擺明有問題。

——為什麼我「從來不會積極回憶過去」？

——……一直都是另外找藉口……

——算了，現在不是想這個的時候……

紅衣魔術師的話語的確強烈震盪了濃霧，但綾香仍無法往過去的記憶多踏出一步。

事實上，她沒有在這種狀況下說出「以找回我的記憶為優先」的膽量，也找不出合適理由，因此無法強烈反駁。

把綾香拋到一邊，紅衣魔術師對戰力值得期待的劍兵問道：

「話說回來，你看起來是個騎士一類的英靈……也就是在世時曾經實地經歷過某些戰役。所以你也明白，未知要素在戰場上有多麼可怕吧？」

「是啊，說到這個，現在西方的森林就是一整片未知的領域呢。」

劍兵諷刺地說道，望向森林。暴風雨變得更為強勁，實在看不清遠方了。

在這樣的狀況下，還不時有劇烈的衝擊和雷鳴，金色閃光與某種巨物蠢動的景象。

「我們可沒傻到會正面攻過去喔。」

「我想也是，你們每一個都非常聰明。」

劍兵一派輕鬆地環視周圍眾人說道：

「正因如此，『才需要一個人扮傻子吧』？」

於是操控蝴蝶以維持結界的貴族模樣男子對劍兵說：

「今天是我們請求各位的協助，自然不會做出單方面要求各位當誘餌或棄子的事。更何況從閣下的氣質，不難看出是知名的王公貴族。」

「不必那麼拘禮喔？據說『我所敬愛的亞瑟王』就曾經御駕親征，親手誅殺卑王沃帝根和反賊莫德雷德，我自己也經常在戰場上帶頭衝鋒陷陣。只可惜崇拜祖王亞瑟和亞歷山大大帝的我，始終無法達到以個人武力攻陷國家的程度。」

劍兵說這些話時，比較像在讚頌往昔的英傑。

他沒漏看紅衣魔術師在他提及亞瑟王時的些微反應，不過他心想現在不適合問這個，便收進心底。

……到頭來還是憋不住。

「話說，妳知道冬木的事是吧！那妳該不會也對亞瑟王啊啊啊啊！」

「現在不是！講這個的時候吧！」

劍兵被綾香揪住手臂和頭髮，眼睛仍對紅衣魔術師依依不捨。最後在綾香用「先把狀況處理好，有話以後再慢慢說」說服下，同意繼續往下談。

「看樣子，西邊神殿那裡已經是膠著狀態。就趁他們進入消耗戰的時候加快腳步吧。」

「……那種程度的消耗戰……是怎樣？」

聽了劍兵的話，綾香望著西方森林兀自低語。不敢直接對他們說，選擇默默聽他們討論。

作戰會議成員包括名叫偉納．西查穆德的馭蝶青年，和紅衣魔術師遠坂凜。

再加上藍色禮服的魔術師露維雅潔莉塔．艾蒂菲爾特，和緹妮的幾名親信。

然後是劍兵他們也見過的貝菈．列維特。

漢薩神父表示：「我不會給你們任何指示，再說除了打倒以外，沒有其他方法可以隱匿神祕了吧？」退到稍遠處旁觀作戰會議。

「我會幫你們應付報告。畢竟聖堂教會搞不好會乾脆滅掉這座城市嘛，哈哈哈。」離去之際還開了這樣的玩笑，但沒有一個人真的把他的話當玩笑看。

劍兵呢喃：「聖堂教會啊，還真的有可能……」回過頭對偉納談正事。

「ＯＫ，先聽聽各位的計畫吧。是打算等那邊打出個結果，趁他們虛弱時一網打盡嗎？還是把城市或這座峽谷當要塞打籠城戰？我這次不是顯現為執掌軍符的將領，純粹是一名劍士。精通現代魔術的你們戰略怎麼訂，我就怎麼辦。」

接著劍兵對希波呂忒說：

「『戰士長閣下』，妳也是這麼想吧？」

「……是啊。但由於靈基的特性，我可以在進軍上給予幫助。」

希波呂忒對表示已猜出其真名的劍兵輕輕頷首。

對這些對話沒什麼反應的綾香，忽然想到一件事，便對劍兵說：

「還以為你會想要單獨突襲呢……」

「說老實話，身為『騎士』的我還真的想這樣做。可是我們現在是不同勢力的聯軍，這樣不好吧？我也當過聯軍的指揮官，真的很不簡單啊。」

劍兵垂眼遙想從前，難得露出疲態。

不久便輕輕搖頭，半是自言自語地說道：

「總之，到時候一定會有人專斷獨行，能不能視其行動隨機應變是很重要的事。就算陣形不堪敵方奇襲或猛攻而潰散，或是友軍出現違命之舉，只要懂得利用狀況，反而能殺得敵方措手不及。」

說到這裡，劍兵重新望向西方森林。

「如果把那片森林和神殿當作城池來看，能否迅速攻陷全看守將的性質呢。究竟是將領還是王……甚至是神。我曾經擊敗名叫死徒的魔物，但從未攻打過神的城池。」

「哎呀，劍兵閣下生前討伐過死徒啊？」

聽露維雅這麼問，劍兵側眼看著漢薩苦笑說：

「我和一生的死對頭聯手，傾盡全力才好不容易消滅一個。說起來，善後還辛苦得多呢。勸妳最好不要跟聖堂教會幕後那些人有牽扯喔。雖然不是每個人都一樣，麻煩的傢伙還是占了絕大部分。」

「我有同感。」

漢薩似乎都聽見了，遠遠地回答。

「我也是。」

凜也以有點自言自語的感覺這麼說時，貝菈代表警察隊問道：

「也就是說，我們要繼續等待西方狀況出現變化……是這樣嗎？」

貝菈了解距離城市毀滅沒剩多少時間，有此疑問也是理所當然，結果偉納搖頭。

「不，我們恐怕沒本錢等對方打完。要是那個自稱是『神』的人贏了，事情會變得更糟。」

緹妮的女秘書接著問：

「這話怎麼說？」

於是，最熟悉聖杯戰爭的遠坂凜答道：

「……英靈戰敗以後，靈魂會流入小聖杯裡。到這邊聽得懂吧？」

以冬木為原型的聖杯戰爭中，聖杯分為大小兩部分。

大聖杯近似於透過地脈囤積魔力的儲能槽，小聖杯則是英靈受召喚後吸取其靈魂的容器。戰敗而無法維持靈基的英靈之魂，將會流入小聖杯儲藏起來。

等到聖杯戰爭結束，靈魂就會物質化變為聖杯的形狀，成為一個願望機。

若是正式的聖杯，將靈魂物質化即是到達了第三魔法的領域，據說甚至也可能獲得真正的不老不死。

貝菈還記得法蘭契絲卡或法迪烏斯都曾提過「冬木聖杯真正的目的不在於第三魔法」，可是法迪烏斯認為：「那不是我們的目的。」法蘭契絲卡也說過：「沒興趣，再說我準備的假聖杯，最多也只能達到接近第三魔法的效果……『絕不會開啟通往下一層級的洞』。」如此奇妙的話。

局長沒有表示異議，貝菈也就沒有追問。

而遠坂凜也像是不想再深入，只針對「小聖杯」繼續說下去。

「你們的老大知道小聖杯是什麼嗎？」

凜面對貝菈問道。

貝菈在這場聖杯戰爭屬於幕後黑手一方，對於這問題有些逡巡。可是局長已經准許，只要是她知道的牌，除了使役者真名以外全都可以打，便緩緩點頭回答：

「……知道。就是名叫法蘭契絲卡的幫手所提供，艾因茲貝倫的人工生命體……菲莉雅。」

「咦？」

出聲的人是綾香。

「菲莉雅是……那個菲莉雅？」

「妳也知道就好辦了。遠坂小姐想說的我也懂。」

劍兵岸然頷首，接在貝菈之後說：

「原來如此，每當有英靈死去，靈魂就會流入人工生命體這小聖杯裡。結果伊絲塔這樣的神性先降臨了……」

「普通的小聖杯，應該不具有將英靈之魂轉變為自身力量來運用的能力。可是，如果裡面真的有神之類的東西存在，就另當別論了。」

聽凜這麼說，露維雅再接著說下去。

「會不會是第一個出局的英靈具有神性，流入小聖杯以後導致這場覺醒呢……這便是我們的推測。」

「也就是說，要是她在這場肆虐當中擊敗哪個英靈，吸收其靈魂……就真的無從下手了。」

「沒錯，所以計畫很單純，就是我們接下來要襲擊神殿喔。」

凜簡潔有力的結論勾起劍兵的興趣，面帶笑意地問：

「咦～？剛剛好像有人說正面進攻是傻子耶？」
「對呀，正面進攻就是傻。」
遠坂凜以極其不遜，準備挑戰巨大力量的態度果斷地說道：
「不管那是什麼樣的神性……我都要堂堂正正地從後面開扁喔？」

×　　×

新伊絲塔神殿前

這即是力量。
這即是世界。
好似如此話語直接視覺化的景象，就在天空與大地之間不斷交錯。
神獸化成的巨型颱風。
神養來守護森林的災厄怪物。

否定神、反抗神的復仇者所製造的黑色洪水。
神造的楔子與鎖鍊構成的兵器。
企圖重返神座的遠古女神所遺留之殘響。

西方森林如今已經成為神代遺物與否定者們所支配的造景箱。
彷彿宣告著凡是誤闖，無論英靈還是魔物，不具資格就不過是一粒塵芥。
龐大的能量在造景箱中不斷流動。

差太遠了。
被捲入造景箱的某個英靈——為自己的不成熟懊惱不已。
過去的她總是自視甚高。
就某方面而言，想用自己的手接近她所崇敬的諸位偉大先人，即是一種不成熟的想法。
如今她只是個遭力量狂瀾反覆翻攪的英靈。
顯現為無名刺客後，到現在仍一事無成。
滅不掉以邪惡魔力玷汙其靈魂的魔物。
救不了受雙親擺布的女童。

趕不走自稱為神的異邦「力量」，阻止滅城之災。

無名刺客眼前展開的，可說是世界正緩慢崩潰的景象。

如山巨蛇糾纏在遠大於此的巨獸身上，黑色洪水氾濫於大地。

林中遭遇的疑似英靈所擊出的巨大魚叉愈來愈近，而自稱女神伊絲塔的女子魅惑了世界，隨心所欲恣意扭曲。

絕無容忍的餘地。

不，哪怕是容忍了，也非得為無辜人民阻止她不可。

可是事情早已超過有心就能解決的階段。

無名刺客只能藉由緊抓樹木勉強撐過黑色洪水的席捲，但也就只有這樣。

要是靈體化，恐怕會被捲入魔力的激流並就此消滅。

一般人，甚至一般英靈，對這樣的狀況灰心喪志也是當然。

然而她仍未絕望。

面對如此暴虐至極的力量激撞，無名刺客不停在尋找自己能做的事。

性命不算什麼，早有雙手奉上的準備。

不過現況並不是賭命就能扭轉。

「哈哈哈！我親愛的刺客，在那般暴虐的力量之下，妳我都不過是一介塵埃罷了！真想不到第一次和妳站在同一個高度，居然能給我帶來如此甘甜的喜悅！好想嚐嚐所謂的絕望啊！我也終於可以做到所謂的覺悟了！啊啊，沒錯！親愛的！如果是妳，同歸於盡也——」

無名刺客完全忽視一旁樹上反覆傳來的狂妄言詞，斷然擊出寶具。

「……妄想心音（Zabaniyah）……」

刺客背後伸出暗紅手臂，被捷斯塔擦身躲過。

然而動作已經沒有過去俐落。若是現在——只要刺客為殺死捷斯塔使出全力，或許真有可能消滅他。

可是不知道綾香分給她的魔力還能撐多久。倘若有這樣的餘力，應該要賭在一線光明上，拿來消滅自稱「女神」的人物比較好吧？

這讓她有所猶豫。

無名刺客認為，猶豫即是不夠成熟的證明。

然而現況分秒必爭，不允許她懊惱自己的弱小。

該做什麼？

孰是孰非？

該依從道理，還是情緒？

再說，自己真的有資格作選擇嗎？

「啊啊，啊啊，可愛的刺客，美麗的刺客啊！我們已無能為力。具有高潔信仰的妳，在異邦力量前屈膝下跪的模樣，讓我……讓我……啊啊！就老實說吧！『讓我萬分地想要見識』！原本這份愛要由我親手貶低、糟蹋才能完成，但是我現在已經妥協。既然自己辦不到，交給諸神來蹂躪的模樣也未嘗不可！妳失望了嗎？對我很失望吧？我居然在對妳的愛上妥協了啊！居然墮落啦！不如就讓我們兩顆破碎的心，一起揉碎在這個時代裡，成就一段──」

瘋言瘋語從另一邊的樹傳來，無名刺客依然充耳不聞。

但相近的焦慮和衝動，已開始從內側敲打她的「心扉」。

那隻神獸連使役者都不是，就只是傲踞神殿之女的使魔。可是僅一揮手就能造成天變地異。

根本無從阻止。

至少自己沒有。

那麼，再抵抗下去還有意義嗎？

忽然有種錯覺，好像另一個自己從背後伸出手來。

並耳語道：「妳做得已經夠多了。」

又像是在埋怨。

只要不登峰造極，不走和山翁一樣的路，過一般人的日子就能活得很輕鬆。

一恍神，又聽見「放棄掙扎吧」等讒言。

「做什麼都沒用了。」

「不如逃離這裡，遠離這一切。」

「好比說，沒錯。」

「和那個青年傭兵一起——」

無名刺客抓住在背後細語的自己脖子，一爪捏碎並發出清脆的聲音。

「嘎……！」

真實的手感使她錯愕回頭，只見捷斯塔頸骨彎折而痛苦不堪。

「……？」

捷斯塔抓住刺客困惑的手，撕開自己的頸肉強行掙脫。

「嘎……哈哈、哈哈哈！果然下不了手嗎！就是因為這樣，妳才那麼美——」

頸部扭曲的捷斯塔沒能說完就掉進黑色洪水，就此捲入激流消失不見。

這時刺客才發現。

以為是心靈脆弱面的幻影，原來是捷斯塔所下的幻術一類。

「……」

——那點程度還死不了吧。

刺客考慮追擊，可是她十分了解跳進黑色洪水有多麼危險。

捷斯塔原本就是魔物或許無所謂，可是使役者自己掉進去，會有何影響就很難說了。

在這個無處可謂安全的狀況下，無名刺客莫名地逐漸恢復鎮定。

冷靜之後調整呼吸，表情釋然地望向天空。

「我真的，很不成熟。」

在狂亂的風中，視線卻清晰得驚人。

因為捷斯塔的耳語，讓她想起來自一名傭兵的信仰。

——「我……我要尋找就算城市毀滅了，也能解救繰丘椿的方法。」

他——那個傭兵說「就算城市毀滅」也要找出方法。

他要承受那巨大力量帶來的毀滅，並解救那名少女。

「西格瑪比我堅強多了。」

她的表情變得開朗了些，而那代表一項決心。

——這不是命運在考驗我，因為大方向早已注定。

——更不會有我去考驗命運（神）這種事。

明鏡止水。

周圍的風雨、腳下的激流，與到處交錯的殺意風暴都忽然那麼遙遠。

只要完全捨棄人性，就能集模仿諸位「山翁」先聖之大成。只要不做人，或許就能阻止那巨獸，以及那具有異邦力量的女子了。

——什麼都不用怕。

——我只是做該做的事而已。

——把幼稚的感情「全部拋棄就行了」。

無名刺客為貫徹己志，連感情都要捨去。

靈基的根底蠢蠢欲動，要成為消除其自我的另一種東西。

但是——

靈基的變化戛然而止。

「……？」

做好抹滅過去、人格、肉體、感情——等一切積累的準備，張口就要道出寶具。

結果卻說不出那個詞。

眼前景象忽然失去聲音，暴風捲動的氣流也完全消失。

連自己的呼吸都聽不見，讓刺客產生被某人截斷聽覺的錯覺。

集中精神，還是能聽到些許的衣物摩擦聲，發現異常的不是聽覺，而是與周圍空間的關係。

彷彿困在沒有厚度的影子裡，自我存在與世界隔離。

更準確地說，是被夾在自身存在與世界之間的「影子」隔絕了。

無形之影。

全身上下都是只能如此形容的怪異感覺。

不得動彈。

然而即使周圍暴風與戰鬥的衝擊不斷交錯，她仍絲毫未受影響地站在那裡。

不，她連自己是立是坐都不知道，連手腳也看不見。

自己會不會早已消滅，失去了所有肉體呢？

隔離來得是那麼唐突，甚至給了她這種想法。

忽然間，眼前出現變化。

狂戰士避開槍兵攻擊的餘波，扭曲了附近的大樹。

正當其中一片飛葉穿過刺客眼前時——

視野中央浮現前一刻還沒有的東西。

「那個」彷彿融入了世界，極其自然懸浮在那裡。

「那個」便是——

有如象徵死亡概念的——一副骷髏面具。

剎那間，無名刺客的時間靜止了。

沒有懷疑的間隙。

也沒有驚叫「怎麼會」的必要。

她生前的記憶、靈魂、千錘百煉的體魄、如今遭魔物玷汙的信仰，全都清清楚楚地明白「那個」是什麼。

面部皮膚的感覺回來了。
她感到雙眼不由自主流下淚來。
骷髏面具就只是懸在那裡，然而奇怪的是聲音是從四面八方傳來。

『……汝，為何而來？』

是人類的聲音。
奇怪的是，聲音像是來自圍繞刺客周圍的整個世界。
下意識感到自己被關在影子裡的刺客，立刻就明白了。
禁錮她的影子，是自己無比崇敬之人。

『……汝，為何上山？』

那輕輕地、十分輕細地問出的話，沒入刺客的靈魂裡。
聲音像在嚴正叱責，又像是溫柔包容，感覺不可思議。
刺客連出聲也做不到。

那是彷彿要暴露她的根幹，關於其自我界定的問題。
但無名刺客無從答起。
更正確地說，是沒有資格回答。
她比誰都這麼想。

瘋狂信徒追求的，是證據。
好證明自己是信仰堅定，足以自傲的信徒。
如此追求很久以後，才發現這很幼稚。
直到命燭燃盡而成為英靈的現在，才終於明白。

但正因如此，正因成為英靈，她有了新的疑惑。
為何自己過去會追求「證明」？
想要能拯救更多人的力量嗎？
想宣示自己有多虔誠嗎？
想將自己的一切，包含因證明所得，全獻給偉大的洪流嗎？
想成為集團首領，滿足改變世界的傲慢嗎？

抑或是——為了非常渺小的私欲呢？

原始的記憶，早已從她心中消失不見。
只剩下「因幼稚而追求證明」的懊悔。
最初的理由，早在漫長的嚴酷修行中捨棄了。
在非比尋常的苦行盡頭，肉體和精神都已重組，與出生時完全不同。
為修習歷代「哈山．薩瓦哈」所持有的十八絕技，需要先犧牲一切。
雖然她自己絕不會承認——
但就某方面而言，她的資質或許比任何先聖都高。
獻上痛苦、過去與未來，也失去了大部分情緒。
連同自己的名字、初衷和禱告全都奉獻殆盡，才能站在這裡。
因此，達到了只屬於她的高峰。
因為過的是這樣的人生，她才無法回答那個「問題」。
針對自己初衷的問題。
她早就因為會阻礙信仰而捨下了初衷。
即使現在無法動彈，連話都說不了——

就算原本就能自由說話，也根本答不出來。

若是問她為何擁有信仰，那還能夠回答。

否則她也不會為西格瑪心中萌發信仰而喜，也不會攻擊追求聖杯的魔術師了。

然而問題是「為何上山」。

諸位先聖口中的「山」，只有一個意思。

那就是哈山．薩瓦哈。

在她所處的教派，這個名字意義重大。

雖然頗為矛盾，但如今的她實在答不出自己為何登頂。

儘管說不出話——也沒有抵抗的念頭，只是滿面哀淒地沉默不語。而「聲音」似乎看透了她的內心，繼續說道：

『早在汝受召來到此地，吾便感應到汝的存在了。』

「！」

『就在此刻，汝在那股洪流前表現覺悟。』

「聲音」維持輕細語調，對無名刺客宣告：

『……汝，果真與吾等不同。』

可視為排斥的一句話，響遍了她的世界。
如果只看字面，這樣的話恐怕會使刺客精神崩潰。
但她卻接受了它。
——那是當然。
——僅是他願意親口否定我的不成熟，就已是承受不起的光榮。
即使羞愧難當，她仍這麼想。
這位尊者，是來阻止我的。
聽聲音就知道了。
這位尊者，「並不追求聖杯」。
聲音中不帶傲慢或欲望，就只是以世界的一部分存在於此。
圓滿無缺。
和自己這樣不成熟的存在完全不同。
——啊啊、啊啊。原來，我又弄錯了。
——過去曾被召喚至聖杯戰爭的諸位先聖，肯定都不想追求什麼聖杯。
——都是我自己誤會，錯怪聖杯和魔術師，傷害了許多人。

——困於憎恨與傷悲。

——這位尊者，想必是來懲罰我的。

「全都是我不好。」

等回過神來發覺，自己已經出聲了。

不知聲音是何時恢復的，她的話像自然常理般織出了口。

「那些曾與我相處的人……包含西格瑪和沙條綾香，還有一位名叫椿的少女，以及此地的眾多居民，都只是因為我的幼稚而捲入災禍之中，沒有做出任何踰軌之舉。我願墮入深淵，受烈火的無盡折磨，還請您網開一面，放這些無辜的人一條生路……」

她心意已決。

假如眼前這位偉大先聖要狠心降罪於曾與她一起行動的人——她將不惜墮入黑暗盡頭——即不惜對眼前的真刺客動武，也要用自己一個人的罪行改寫一切。

可是——

『這並非吾或汝可以決定。無人有權代行天譴。』

「……！」

聽見骷髏面具又看穿了自己的心，刺客再度為自己的不成熟羞愧，但她仍想為因這場召喚而遭遇的無辜民眾說話——

在那之前，「聲音」說道：

『汝與吾等不同，但是……也「僅是不同而已」。』

「……？」

『汝在有生之時，就該參悟這點。』

無名刺客不懂對方的意思，默默抬高視線。

骷髏面具的漆黑眼窩，似乎正凝視著她。

接著，聲音依舊從她的周圍，從整個暗影世界傳來。

『迷惘、困惑、狂亂、憧憬、渴求，使吾等登上了山頂，卻不得其路而下，元始尊者才施捨慈悲，送吾等回幽谷。』

「聲音」緩慢地訴說，使每字每句沁入無名刺客的身體與靈魂——滲透到她成為英靈前所積累的靈基（人生）。

『而汝，乃是「步行者」。』

刻劃於世界的暗影——

以真刺客身分在此處顯形的刺客——哈山·薩瓦哈，對眼前收容於暗影中的虔誠信徒說道：

『「是我等必須守護的人民……使我等獻身的信仰」。』

「————」

哈山繼續對啞然失語的無名刺客輕聲說道：

『元始之翁，恐將否定汝的抉擇。山和幽谷，也將拒絕汝進入。』

下一刻，無名刺客發現自己的變化。

原先遭到隔絕的聲音，與風滑過肌膚的觸覺開始回歸，讓她明白「無形之影」已釋放她。

「那麼……」

聲音曾幾何時，已只來自一個方向。

舉目望去，只見骷髏面具周圍布展暗影，構成人類形體。

「吾這『連影』，便有義務為汝指示歸途。」

說了令人費解的話之後——

不再是機械性語調的他留下充滿慈愛的聲音，身體與骷髏面具就此融入黑色激流的「暗影」之中。

「信徒啊，儘管邁步吧。」

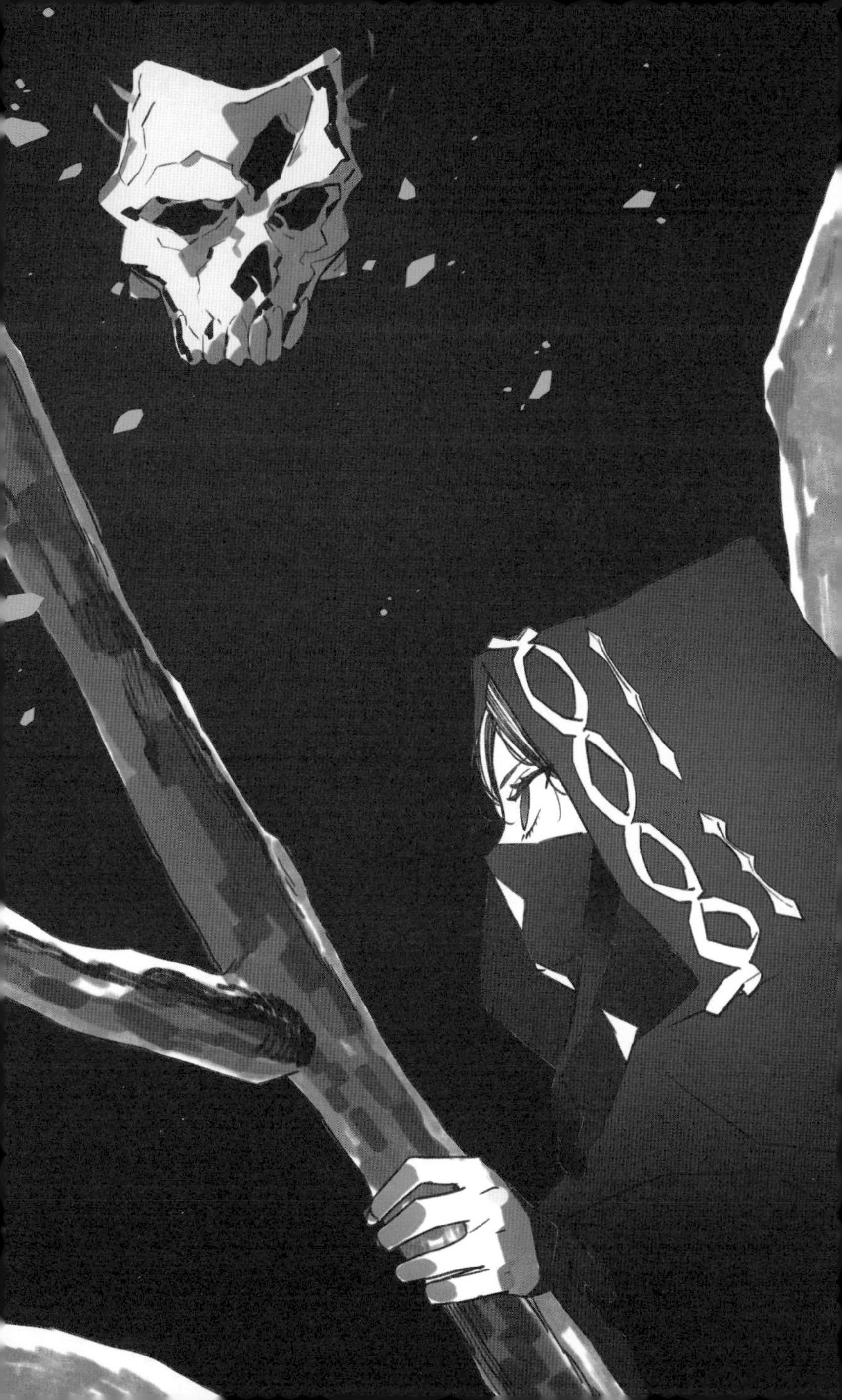

彷彿在說，無論是在無盡的詛咒中，還是在神聖的靈廟裡，「暗影」同樣是「暗影」。

「汝不必為這股洪流捨棄任何東西。」

×　×

工業區

「……再這樣下去，會沒完沒了啊。」

接連不斷的魔箭並非牽制，全都是為掃盡仇敵而射才對。

然而天之公牛的前腳依然健在，神殿本身也不像受到有效傷害。

能夠制止天之公牛的行進，已經是驚天的偉業，但那對阿爾喀德斯毫無意義。

因為他並不是為守護人民或城市而戰。

阿爾喀德斯暫時放下弓，以念話聯絡主人。

「……主人，我要多用一點魔力，可以吧。」

主人平淡詢問他打算用多少。

「有多少用多少。」

明快答覆後，阿爾喀德斯再添一句：

「事成之後……不必再提供魔力。」

× ×

神殿頂部

聳立於森林變質中心的新伊絲塔神殿頂部。

有個「影子」降落在同時與恩奇都和阿爾喀德斯交手，也依然持續蹂躪世界的女神殘響——菲莉雅（伊絲塔）背後。

影子不過是影子，只是讓神殿的簷蔭深濃幾分罷了。

即使看不見具體形象，女神伊絲塔仍確定那裡有東西進入她的權能範圍，對著站立身後的影子發問：

「……什麼人？找我做什麼？」

「自稱異鄉天空的暮星殘光啊。」

影子融入黑暗，唯有聲音迴響於周遭。

法迪烏斯的使役者刺客——哈山．薩瓦哈。

抑或是「幽弋的哈山」，不具表代數的量詞，唯有哈山．薩瓦哈的襲名者知曉的人物。

不管怎麼稱呼，那都是他人給的虛名罷了。偶爾還有人會以「初代暗影」稱呼那個異質的骷髏面具。

他只是從陰影之中，對自稱女神的女子說道：

「吾是代先祖的元初之刃……為汝送晚鐘而來。」

幕間
「演員的存量還夠嗎？」

史諾菲爾德市內

「……高強的魔術師真的沒剩幾個耶。」

西方颱風將雲都吸走，史諾菲爾德市中心上空是一片藍天。

然而暴風雨依然滿城呼嘯。在這個不單純只是太陽雨的天氣裡，西格瑪小心翼翼地前進。

「一注意到颱風與魔術有關就幾乎跑光了嘛，不過還是有些比較有自信的留下來了。」

「……接觸那些人就要特別小心呢……不管是魔術師還是魔術使，大半都是一有機會就想利用我們的人。」

「你也沒資格說人家吧？」

西格瑪刻意忽視少年騎士「影子」的揶揄。

目前，西格瑪將「荊棘」等法迪烏斯捨棄的特殊部隊幾乎見了一遍。

法蘭契絲卡都在沙漠一帶行動，西格瑪認為到那裡去太危險，只好略過那邊的部隊。

雖然通訊網斷了，法迪烏斯的魔術性監視網依然存在。

根據看守視角所提供的情報，避開眼線穿越城市時，「影子」忽然化為老船長說道：

「咯咯，話說我還真沒想到你又會把我們說成『卓別林』呢。」

「會不舒服嗎？」

「不會，是覺得你很帶種。如果要騙，找個對戰爭更有幫助的偉人比較好吧？例如亞瑟王、查理曼大帝、穆罕默德二世之類的。」

西格瑪聽老船長舉出的幾個著名英傑，想了想後搖搖頭說道：

「之前也說過，那是我第一個想到的……最值得尊敬的偉人。不然對方很容易察覺我說話不自然吧？他們都是專家，有一點點異狀就能輕易戳破我的謊言。」

「呃，喜劇演員變英靈才最不自然吧？再說那麼近代的人，恐怕上不了英靈寶座……」

西格瑪面無表情地對化為蛇杖少年的英靈說：

「他們對聖杯戰爭的了解沒那麼深。再說，我當時根本就不知道距離現代愈近就愈難成為英靈啊。」

「因為神祕是愈來愈薄弱嘛。而且不跟世界訂下守護者契約根本就進不去。不過，英靈也不是說愈古老愈好。根據聖杯的性質，還會影響到能召喚的英靈。來的又大多是淵源比較深的，例如這裡的根基是從前由歐洲魔術師打下，又是用冬木的聖杯，就比較難召喚出東洋……和與美洲大陸淵源較深的英靈。因為大聖杯的性質優先順序在土地靈脈之前。」

「是喔……這樣說的話，查爾斯·卓別林是英國人，所以沒問題。」

「咦，那是重點嗎？」

「影子」苦笑之後忽然變成戴飛行帽的女子說：

「提亞．厄斯克德司他……好像回到這個城市來了。」

「唔！目的地是哪？」

「他正在西方森林上空，好像在颱風邊緣看情況，同時也很在意北方溪谷的樣子。大概是因為聚集在那裡的魔術師們吧。」

「這樣啊……」

新增的情報讓西格瑪邊走邊想，而「影子」化為日本老劍士問：

「西邊戰況愈來愈亂了，還要繼續嗎？」

「要，做自己的工作而已。」

接著深思片刻，對「影子」問道：

「對了……剛才那位戴飛行帽的小姐，不就是近代的人嗎？」

於是「影子」化為少年騎士回答：

「我們『影子』並不是英靈，單純是看守由其觀測的世界中挑選條件相符的數據紀錄，連同人格重現出來而已，沒有現代古代之分。不過呢，就算同樣是複製品，我們真的就只是數據集合體而已。」

「類似超高性能的ＡＩ那樣嗎？給ＡＩ設計高效咒語或魔術陣的時代就快來臨了吧。」
「是啊，北方那群人裡好像就有擅長這方面的……」
「北方啊……城市裡不曉得還有多少魔術師…………！」
這時西格瑪發現前方有人影，便發動隱形魔術藏於巷弄間。
那是一名走在暴風雨中的警官，應是警察局長的部下。
「……警察啊。」
西格瑪想了想，問道：
「……局長人還在局裡嗎？」
能輕易掌握全城狀況的「影子」聞言，變成肌肉壯碩的獵人遺憾地說：
「嗯，他在喔，不過很可惜，那個叫貝菈的漂亮姊姊到北方開會了。話說我也是『影子』，不會要求你去做這做那啦，可是北方峽谷那邊有很多魔術師姊姊，你真的不想加入他們嗎？」
「不想耶……我曾是法蘭契絲卡和法迪烏斯的人，他們哪會接受啊。那邊光是有警方的人，就覺得很神奇了。」
「呿～！」
無奈的獵人鬧脾氣似的消失，又換老船長出來對西格瑪說：
「所以怎麼辦？問局長人在哪裡……是想去找他吧，小鬼？」

隔了一小段時間，西格瑪下定決心開口：

「……是啊，演員愈多愈好。」

「小鬼，角色若是太多，原本能控制的也會失控喔？」

「沒必要連說話也控制……我只要完成自己的喜劇就行了。」

「喜劇是吧。我知道你愛看喜劇，現在是想自己上台演嗎？」

老船長語帶揶揄，讓西格瑪腦中閃過幾幕，並且說道：

「……我覺得，在現實裡見到的事，都算是悲劇那邊。就算是喜劇，也都是道盡小人物辛酸的那種。」

西格瑪想著拉姆達和塔烏那些小時候的同胞——或是死在冬木，連長相都不知道的母親，仰望笑話般的天空。

「一次也好，我好想演一齣結局是真心歡笑的喜劇喔。」

回想著無名刺客告別時的微笑，西格瑪再度邁步。

「不過……也滿有可能是笑著死掉的下場呢。」

×　×

史諾菲爾德警察局　局長室

奧蘭德・利夫以局長室桌上的魔術觀測儀器蒐集資訊，感應到警局結界出現部分缺口。

「……暴風吹壞的嗎？不……」

更有可能是有人趁西方的混亂攻進來了。

他回想著最先強行入侵的的刺客，以及在局裡擒拿的費拉特・厄斯克德司，謹慎地探測結界的狀況。

看來是後門的結界遭到破壞。

不是巧妙地用魔力解除，也不是強行破壞，有一般魔術師或魔術使以樣版手法解除的痕跡。

「……」

貝菈帶領三分之一警察隊到北方峽谷談合作，剩下的一半防守警局，含約翰在內的另一半則出去巡邏了。

另外，普通警察也開始開車巡邏，處理查看公共設施毀壞情形、預防趁亂打劫等正常天災時的勤務。

奧蘭德欲以魔術線路對「二十八人的怪物」下令前，內線電話響起。

——再怎樣也切不到內線來吧。

城市對外的對話通訊全斷，是已經確認過的事。

在法迪烏斯那邊真的要毀了這個城市的深切感覺中，奧蘭德接起話筒。

「是我。」

『奧蘭德局長嗎？』

「……你是誰？」

燈號顯示這通內線是從第二資料室打來。

那裡保管的都是經過偽裝的魔術相關事件資料，平時不會有員警進出。

『「我是真槍兵的主人」，西格瑪。聽說過嗎？』

「……聽過，法蘭契絲卡的愛將嘛。」

『我不是替法蘭契絲卡傳話，這是自己的意思。假如她有話，應該會直接當面說吧？』

「……嗯。」

從內容和聲音，局長認為那確實是西格瑪本人。

但還是不能排除偽裝的可能，於是小心地問：

「那個你為何破壞結界？既然是我們這邊的人，直接進來不就好了？」

『因為不能讓法迪烏斯知道。法蘭契絲卡那邊……也是不知道比較好。因為她很可能會只為了尋開心就來干擾我。』

「我也是這麼想……那麼，你想說什麼？」

實際上，這通電話也有可能是法蘭契絲卡的幻術，所以局長依然保持警覺，小心等待對方答覆。

『我想借用你的英靈……亞歷山大·大仲馬的力量。』

「……法蘭契絲卡或法迪烏斯告訴你的嗎？」

『不，自己查的。我也知道這座城市明天就要完蛋了。』

「嗯……」

——他是知道情況緊急，用主人身分跟我談合作嗎？

——為什麼不找北方的同盟，而是來找我呢？

——再說，既然都知道是這種狀況，以魔術使來說應該要逃跑吧。

局長心裡一邊冒出許多問題一邊問道：

「假設我願意借你，那你要給我什麼？我先告訴你，我連你的使役者是什麼都不知道。」

隨後，話筒另一邊傳來意念強烈的答覆。

『所有情報。』

「什麼？」

『我會把知道的情報都告訴你，相對地，你要借我用大仲馬的寶具。』

「太籠統了吧……不如先說說看你知道什麼？」

對於局長的試探——

電話另一邊的協商對象立刻回答：

『我可以先告訴你，剛才說我的使役者是槍兵，是假的。』

「……第一個情報就是『幾秒前講的是假話』，要我怎麼相信你？」

出言譏諷的同時，局長心想——

——從已經出現的使役者來看……是槍兵的可能性很大。如果不是，那的確是有用的情報。

『因為我認為直接說出是什麼使役者，反而會造成混亂。這件事連法迪烏斯都蒙在鼓裡，現在只有你知道。』

「什麼？」

『根據這個，我再告訴你一件事……對你來講可說是最重要的事。』

對方像是察覺局長感興趣了，緊接著提供情報。

那是局長一時間難以相信，若屬實則極其重要的炸彈級情報。

『你的部下……【二十八人的怪物】裡，有人一直在向巴茲迪洛洩密。』

「你說什麼！」

『所以巴茲迪洛・柯狄里翁已經知道除了警察隊以外，還有多名主人在北方集合準備聯手，滅城危機的事也是。並且在通盤理解的狀況下，正著手準備行動。』

「你說行動……？」

局長拚命壓抑焦躁追問。

隨後揭露的情報，已經足以使局長眉間深鎖。

『他們要趁亂攻進水晶之丘地下，在處理大聖杯之前擊殺法迪烏斯。』

第二十六章

「神代與現代　——成熟——」

我好羨慕你喔。

從前，有個少女對恩奇都如此說道。

她羨慕的是恩奇都可以永遠不變。

當時的恩奇都認為自己不過是個會動的泥人偶，又能任意改變外型，無法理解她的話。

而少女說的是，無論他外表千變萬化，「恩奇都」仍能永遠不變。

無論發生任何事，未來將會邂逅多少人，即使遭神定罪，恩奇都的本質也不會改變。

就算會步入死亡，歸於塵土，恩奇都也永遠不會改變。

只要世上還有人，還有土，恩奇都就永遠會是恩奇都。少女說，那比什麼都更令她羨慕。

少女將不停變化，受到詛咒而被迫變化——儘管如此她仍反抗命運，向恩奇都祈求。

祈求他別忘了少女。

少女只告訴他。

別忘了她，別忘了「他們」。

必將改變的自己，或許終會忘記這一切，這對少女而言比死亡更可怕。

因此，她向「不會改變」的恩奇都祈求。

要永遠記得他們，哪怕只有一個人也好。

恩奇都答應了。

尚不具人形的他（她），是自誕生以來第一次習得「承諾」這種系統，並寫入自己的基幹。

而事實上，恩奇都也記住了少女的話和祈求。

每次見面，少女都會高興或感傷地問：「你還記得我們嗎？」恩奇都也抱持奇妙感受一次又一次聆聽。

可是，別離的時刻終究到來。

在諸神的意旨下，恩奇都需要離開少女——他第一個朋友身邊，前往烏魯克城旁的森林。

不過恩奇都仍繼續聽少女說話，直到最後。

因為他承諾過了。

為了將他們的一切資訊刻入自己的記憶區，恩奇都每天都認真運作聽覺元件與記憶體，聆聽少女的每一句話。

然而，就在離別那天。

恩奇都聽見的最後一句話是——

——「　　你……是誰？　　」

後來，恩奇都邂逅了姍漢特等許許多多的人類，改變外型，脫離諸神的掌控到處冒險。

但是，他從未遺忘第一個認識的「人類」少女說過的每一句話，他們曾經存在的紀錄。

與姍漢特寢食與共時。

在她送別下離開，遇見一名王者時。

與該王者纏鬥三天三夜時。

恩奇都從不曾遺忘少女他們。

奔過烏魯克的麥田時也一樣。

以葦做筏渡普拉圖姆河（註：即幼發拉底河的阿卡德語）時也一樣。

橫越埃里都森林時也一樣。

吉爾伽美什宣告闢開黎巴嫩雪松林時也一樣。

知道那片森林的守護者，原來是他最先認識的朋友，也就是那群孩子「們」時也一樣。
相信一旦觸犯天條殺死守護者，必將死無葬身之地時也一樣。
與守護者交戰時也一樣。
吉爾伽美什差點命喪守護者之手時也一樣。
親手擊倒守護者時也一樣。
就連他用自己的手，將故友拆得分不出原樣時——

恩奇都從沒有一刻遺忘他們的事。
在模糊的舊紀錄，或者說記憶裡，只有他們的話清楚地深烙在恩奇都的肉體與靈魂上。
但是，他也有想不起的事。
那就是與少女承諾前，與她邂逅時，開了什麼顏色的花。
想不起那個顏色，使恩奇都的系統不斷發出異音。

×

×

現在　新伊絲塔神殿

「……我有些事很想問問現在的妳……但是在消滅伊絲塔之前，妳恐怕回答不了呢。」

災厄之光擋下恩奇都語帶些微落寞地做出的攻擊。

那道光輝雖然璀璨，卻是由瘟疫、熱浪與戰爭這些現代災厄等概念凝縮而成的能量奔流。

狂戰士將這等魔力用來攻擊，一擊就能轟潰一個街區，現在卻全部用來防守。

在恩奇都這個神造兵器面前，這是正確的決定。

即使哈露莉的魔力受到女神伊絲塔加持，也仍然只能專注於防守。

先前雖用令咒引出了守護巨怪最大限度的力量，但是打從一開始她就在世界上留下「守護失敗」的烙印——更何況現在的對手，還是傳說中擊潰其守護的那個人。

面對最糟的對手也能阻止他觸及神殿，主要是因為這裡並非雪松林，而是有女神伊絲塔坐鎮於神殿正前方的緣故。

狂戰士以那般巨大軀體難以想像的敏捷走位，無論是正面突襲還是擒拿，都能以毫釐之差一再招架。

這樣的攻防不知過了多久。

就在恩奇都猜想這場戰鬥會陷入僵局，說不定復仇者的毒蛇與天之公牛會先分出勝負時——

一股難以言喻的怪異感受竄遍恩奇都全身。

「這是……」

即使在生前，他也不曾有過這般奇異的感覺。

幾秒前確實不曾存在的東西，冷不防出現在恩奇都放射的偵測領域之中。

不是令咒導致的瞬間移動，而是否定了「不存在」的因果並改寫為「存在」，十分詭異。

最讓恩奇都吃驚的是——

那個「某人」，就顯現在神殿頂端操弄周邊空間的女神伊絲塔本人正後方。

從伊絲塔的樣子來看，她也在恩奇都幾秒鐘之後，察覺到有東西突然出現。

可以看到她注意力移往背後，並與其對話。

「真想不到，這種潛行能力居然能躲過我的雷達。」

真心讚嘆之餘，恩奇都推測那應該是刺客靈基的持有者。

那與地面上另一個刺客靈基截然不同，是個模糊但存在感非常沉重的英靈。

他竟能收斂如此的存在感，完全隱藏在世界之中直到剛才為止。

僅僅從這個事實，就能想像這個刺客擁有非比尋常的力量。

無論如何，現況很可能就此變動。

如此分析的恩奇都使用「變容」，改變自己的能力。

並以不易立刻察覺的步調提升魔力，將瑪那一點一點地吸收入體內。

好在任何時候，在任何情況下，都能瞬時對女神伊絲塔下出最好的一步棋。

×　×

新伊絲塔神殿上空

「奇怪……？那傢伙是……」

提亞·厄斯克德司分析過眼下魔力流後，不禁感受到輕微的驚愕。

因為他所觀察的神殿周邊魔力流，從某一刻起發生了急劇變化。

變化是來自以神性扭曲空間，像是人工生命體的女性背後湧出的一團人影。

彷彿是從神殿的暗處滲入世界一般，無聲無息。

人影就只是做了這樣的事，可是在能夠看清魔力流的提亞眼中，那是世界在那一刻完全變色的感覺。

在世界一眨眼從白天變成黑夜的衝擊下，提亞稍微有些混亂。

「……如果是『我』……是費拉特的話，會知道發生了什麼事嗎？」

甚至不禁向已經不在的另一半尋求解答。

提亞靜靜多看了神殿幾眼，視線轉往峽谷。

發現那個先前聚集了幾十人的人影出現變化。

人影大半消失不見，只留下不到十個。

「……面對這麼大的戰亂還不打算逃跑嗎……艾梅洛教室。」

提亞回想費拉特·厄斯克德司心愛的「棲身之所」。

沉默片刻後，他轉起周圍的小衛星。

提亞一邊製造每轉一圈就使魔力變得更濃的衛星，靜待時機成熟。

若有需要，他會讓那片土地上的一切全部歸為塵土。

×　　×

新伊絲塔神殿頂部

「什麼！……伊絲塔女神！」

哈露莉察覺背後的異狀，打算衝過去保護她。

可是伊絲塔揚手制止並且說道：

「不必，妳繼續和狂戰士擋住那個爛東西就行了。他啊，只要有一點破綻就會衝過來喔。」

「遵、遵命！」

雖放不下心，哈露莉也不敢違背伊絲塔的要求，專心為狂戰士提供魔力。

伊絲塔背對著她，望向與神殿內相連的黑暗。

並瞬時承認了一件事。

出現於眼前的「某物」，具有對自己來說很危險的力量。

儘管如此，伊絲塔畢竟是天空的化身。

面對滲出世界的髑面暗影，那高傲的笑容依然不減，態度尊大。

對四周風與大地的魅惑仍未解除。翻騰的大地與具有黏性的風，依舊將直刺而來的魚叉抵在空中。

說不定任何事物都會在受到魅惑後擁有自我，成為半生命體，不需要伊絲塔操縱也會憑自我意識動作。

「話說回來……你說晚鐘？」

伊絲塔重複對方說出的字眼，瞇細雙眼。

「你就是跟自以為是朱蘇德拉的幽谷看守……相連的影子吧。」

語氣也變得更有火藥味，對暗影的戒心緩緩上升。

若說她對恩奇都的戒心充滿憎恨，與來自厭惡的攻擊性，那她對暗影則是完全的警戒。心中湧起強烈敵意，恨不得看透對方的一切。

她是知道的吧。

知道「幽谷聖廟」的看守，甚至能對神植入死亡的概念。

「你是不准身處異邦的我……自稱為『神』嗎？」

對於女神伊絲塔略帶挑釁的質疑，影子靜靜地晃動身體。

「不。」

帶來有如這個空間所有「陰影」都在晃動的錯覺。

不。事實上，那或許不是錯覺。

「吾不過是參悟了出谷之行的意義。」

說時遲那時快——

骷髏面具裡外翻轉，哈山的漆黑暗影漫天散布。

× ×

史諾菲爾德西北部　地下

掘出適當大小的人工洞窟中，有數道人影在錯動。

劍兵和綾香，騎兵和她的主人們，在黑暗中藉朦朧的魔術光前進。

「想不到他們居然會在地下鋪設這麼大型的通道……」

騎兵點頭贊同劍兵摻雜唏嘘的讚嘆。

「是啊，我也很驚訝。才短短幾天就把溪谷到南方沙漠的大地底下挖成這樣……」

「還好啦，我們班的ＯＢ從開鑿業者到地脈操作的專家應有盡有嘛。幸好這次剛好有來。」

聽凜說得一派輕鬆，綾香不禁發問：

「該不會……這個洞，是你們自己挖的吧？靠人工？」

「如果說用魔術也算『人工』，那麼沒錯。不過呢，即使在地下，大聖杯周圍也一樣會有結界，便挖不下去了。」

「連大聖杯的位置都掌握到啦？」

「是啊，比冬木好找多了。再說，他們根本沒打算藏的樣子呢。」

凜表情不太高興地回答。

既然她是來自冬木的魔術師，經歷過聖杯戰爭的可能非常高。

劍兵已透過普列拉提的幻術，得知「亞瑟王曾顯現於冬木」。

那麼這位名叫「遠坂凜」的魔術師會不會直接見過亞瑟王呢？

劍兵惦記這件事很久了，可是被綾香當面叱責「以後再說！」之後，他便一直忍耐到現在。

但是，話題從意想不到之處開始往那方面傾斜——

「話說，騎兵已經完全習慣那個髮型了呢……」

青年卡雷斯的話，勾起了劍兵的疑惑。

「嗯？原本不是那樣嗎？」

這個路上閒聊的問題，得到騎兵本人的解答：

「不是。剛召喚出來時，我身上是生前的髮型和裝備……可是他們說那樣在城市裡實體化會太招搖，所以主人替我重綁了。」

「嗯……是啦，我也經常穿現代服裝，可以理解。」

劍兵點點頭，極其自然地說出那句話：

「所以『我國祖王的髮型差不多就是那樣吧』。」

凜忽然止步，側眼往劍兵一瞪。

劍兵對那道淩厲的目光視而不見，說出自己的推測。

「沒錯，我已經推測出騎兵閣下的真名了。所以呢，如果要聯想地位同樣高的人的髮型，妳第一個想到的或許就是我們的祖王。」

「我想問很久了……你與圓桌有關沒錯吧？」

「如果說愛好者也是關係人士，那我當然是啊！祖王亞瑟的關係人士……聽起來真棒！感謝妳！」

凜看了看毫不迂迴地提示她猜對方向的劍兵，對綾香投以同情的目光。

「……妳也真夠辛苦。」

「果然在聖杯戰爭裡，劍兵這樣的人……很不一樣嗎？」

凜迂迴地回答綾香彷彿是在確認的問題：
「看到他站在警車頂端演講的畫面，我還以為自己的眼睛或腦袋出毛病了呢。」
「……就是啊。」
綾香立刻明白她的意思，大大地嘆一口氣。
另一方面，劍兵忽然想到便開口：
「啊，對了……該想想辦法替歌劇院湊修理費——」
但是，他的話只說到一半。
一股怪異的戰慄襲過在場所有人的全身。
「……怎麼了？」
「小心一點。」
名叫史賓的青年要眾人提高警覺。
「剛剛……附近的氣味開始反轉了。」
綾香雖不懂氣味是什麼意思，但好歹知道有狀況發生。
「這是……從西南方來的。」
劍兵也皺著眉要周圍注意。
「沒錯，我的魔術師隨從也發出警告了。」

「這地底下……遭到某種東西的侵略……不……是吞噬？」

× ×

新伊絲塔神殿　頂部

[redacted]使世界開始反轉。

那與黑煙黑霧明顯不同。

也不是湧現。有如將周圍光線全部吸入一點的畫面往整個神殿滲透開來，擴張其領域。

黑暗籠罩伊絲塔周圍，奪去她視線中一切光線。

連風撫過肌膚的感覺也消失無蹤。這時，闇刃殺向伊絲塔背後。

但是——她不費吹灰之力將其彈開。

新伊絲塔神殿的部分牆壁因魅惑而遭到操控，伊絲塔一步也沒動過就擋下看不見的刀。

撞擊聲也被黑暗吸收，同時兩道凶刃從完全不同的方向殺來。

但還是沒砍中。
伊絲塔依然寸步未移，將她魅惑的石塊或裝飾品飄浮於周圍擋下連擊。
刺客的闇刃沒有厚度的概念，原本是無論鋼盾還是戰車裝甲都能視若無物，直取目標性命。
由於擁有強大魔力防禦的英靈或魔術師抵擋得了，這部分還算是英靈交戰的常識範圍內。
然而，暗擊的浪潮猶未止息。
同時兩擊之後，緊接著換頭上、腳下和背後三處同時刺出看不見的刀刃。
三道衝擊聲響起，再度被黑暗吸收。
在聲音完全消失之前，又有四道斬擊殺向伊絲塔。
但是，沒有擊中。
五道斬擊。
　六次突刺。
　　十次揮砍。
　　　二十。
　　　　百。
　　　　　千。
最後堆疊為全方位的無間斷連擊。但不僅是石塊或裝飾品，就連空氣，甚至物理法則都被伊絲塔所魅惑，將刀刃接觸她皮膚的因果從這個世上除卻。

若是一般英靈，靈基早就被刺客的刀送回黑暗中了吧。

儘管對方不過是深染於人世的殘響，好歹也是神祇遺世的神性殘片。

本來就不是英靈能獨力面對的對手。

「還以為你要幹什麼……簡直是三流戲法呢。」

置身黑暗中，伊絲塔對暗殺者說道：

「你以為把我的身體和聲音都關進影子裡，就不能魅惑周遭了嗎？沒用的，這跟五官無關。『光是因為我在這裡，世界就注定要被我魅惑了』。」

伊絲塔伸出雙手，要掃開不斷擴張領域，使空間失去一切色彩與光輝的「暗影」。

「區區晦冥的擺渡人也敢放肆。」

她道出的言語甚至超越言靈的領域，隨即就要化為天理。

「如果對上普通英靈，要殺幾次都可以吧。只要你有心，說不定能讓任何主人或使役者死得不明不白。至於那個不曉得在強壯什麼的復仇者，可能比較難說一點，不過既然他的主人是人類，剛才那種戲法已經綽綽有餘。」

那對於人類或其他動植物是否理想並不重要。她出口的話，即是星之表層的聖旨。

「不過嘛……」

只要女神伊絲塔說鴉是白色，「烏鴉就會從這世上消失」。就算結果是鴉這物種從地球上消失，也不會有任何人發現。

「在天空面前，豈有陰影僭越的餘地。」

她以否定黑暗滲出的方式，在通往神殿深處的通道創造了光輝。

那是清澈的藍光。

蒼穹誕生於地表，明星般輕盈卻又耀眼的光芒，照亮了周圍的一切。

隨後——一道人影浮現其中。

「你這樣挺好看的嘛。」

那是全身被無數組成刃狀的青金岩刺穿，戴骷髏面具的刺客。

靈核已碎，感受不到英靈的脈動。

「聽見晚鐘的，我看是你自己的耳朵吧。」

影子就是影子，是一種現象，無法存在於光明本身之中。

刺客使出渾身解術，不止從眼球，還從世界奪去光明的障眼法，在女神伊絲塔的權能前不堪一擊。

現況似乎是這麼一回事——

可是，女神犯下根本性的錯誤。

暗殺者散布的暗影。

無法計數的無形連斬。

這名刺客的本質，絕不是僅限於此。

「……？」

女神伊絲塔臉上失去表情。

這時她才終於察覺異狀。

她確實感覺自己摧毀了刺客的靈核。

然而，刺客的靈基卻沒有絲毫崩潰的跡象。

不，不僅如此——

她的表情和神氣透露出疑念，接著是些許動搖，最後變成惱怒的煩躁。

「你……想扭曲『天理』？」

「不。」

暗影刺客的聲音響起。

應已死滅之人的聲音響起。

靈核破碎而不該留存之人，正對伊絲塔清楚地耳語。

伊絲塔耳畔傳來的聲音，彷彿太古之昔在世界一隅的呢喃殘響，因遙遠而經過重重折疊才傳進女神耳裡。

「吾，刻烙為倒影的使役者（虛像）之旅在此終結。」

那明明是剛說的話，卻給她數千年前就刻進靈魂的錯覺。

「……！」

「此刻正是將這片斷無窮暗影，歸還於幽明交界之時。」

此話一出——刺客的遺骸湧出滔天「暗影」。

暗影擴散有如黑色爆炸，再次吞噬光明，以比夜晚還深沉的黑暗沁染誕生於神殿內的天空。

那是超越言靈，連天理都能壓制的異質絕技。
本來不是一介刺客能夠達成。
唯有真正的暗殺者才能辦到。
那是以自身之「死」為誘因，才能發動的自殺式寶具。
造成的不是死亡，而是以死亡之事實所確定的因果。
以幽弋的哈山之名，與「暗影」同化的最高深絕技——
將自身靈基與任何時代、任何地點都無所不在的「死亡」概念同化，再無他人能夠駕馭的寶具，就在此刻顯現於世。

「——瞑想神經（Zabaniyah）——」

× ×

從前，有一名[redacted]。
這名[redacted]，乃是性質與後世所謂的暗殺集團完全不同的集團，沒有半點信仰的一群人，專為滿足其私欲而打造的利刃——「暗影」。在魔術、詛咒、鍊金、科學等種種技術的改造下成為

[redacted]，[redacted]眾多[redacted]，最後連創造他的組織也一併[redacted]。只差那麼一步，就要淪為[redacted]。

對此[redacted]伸出援手的，是個極其善良的[redacted]，以及[redacted]內心純粹的信仰。這使得[redacted]後來[redacted]什麼也[redacted]殺害[redacted]救不了[redacted]無法拯救[redacted]尋找[redacted]——

於是，他啟程前往幽谷。

前往傳說中立於千山萬壑之深處，冥界與現世之夾縫的聖廟。

他的過去，早已大半消融在虛無的深淵中。

在世上刻劃為英靈的靈基數據，也獨缺他的過去。

即使無法真正掩蓋星之記憶，即使世界有所感知，若沒人能夠認知，便與不存在無異。

當然——那包含成為英靈的他自己。

心中只剩半系統化的自我，以及臨死前獻上自身所有的理想。

——「愚蠢的東西。」

他在生前旅程最後抵達的山上聖廟裡，遇見一名至尊之人。

——「汝那燒烙為影，連毀滅都不許的手，能抓住何物？」

——「是以為預先贖罪能換取解脫嗎？明知所懷覺悟不會有任何結果，也要在幽明之間永世徘徊嗎？」

那是仍為人身卻渾身暗影，彷彿納入整個冥界的死亡化身。

打從第一眼，他就明白自己將「永遠成為這位尊者的影子」。

不是決心，是「釋懷」。

明白自己為何會被改造成異於他人之物，明白自己為何生而無義又無懼於死，卻仍持續走到這裡。

所有問題，都在此刻得到解答。

自己，就是眼前這位尊者的影子。

僅僅如此，就讓他原以為要帶進冥府的疑問全部化解了。

他沒有感動嗚咽，也沒有為眼前濃烈的死亡發抖，就只是淡淡地認定。

心中，唯有安寧。

始終不懂自己為何而生的他，終於來到了應有的歸屬。

——「知道了——就伸出脖子。」

斷罪之詞，銀光一閃。

隨後穿過頸項的，是鋒利卻充滿慈愛的風。

他生前最後的感覺，在暗影所覆沒的記憶中散發萬分鮮明的光輝。

這個記憶，在他大半沒入暗影的靈基裡比什麼都更明確。

這就夠了。

夠他成為永遠流連於暗影之中的詛咒。

足以構成他走上無盡苦難之行的理由。
因為無盡之路不是詛咒，而是將在長路盡頭獲得的祝福。
又說不定，他的精神在那一刻就已經脫離人常了。

而後——
他的人生在此終結，一道「暗影」烙印於世間。

× ×

新伊絲塔神殿前

「這是……？」
恩奇都注意到神殿內的異變又有了變化。
他與世界同化的感知氣息能力，這次清楚偵測到異常現象。
先前滲出的氣息再度消失。
但異常依然存在。

然而恩奇都不僅是感到，也聽到、見到這個過去所無法比擬的異狀。

世界的氣息消失不見了。

充斥於新伊絲塔神殿內的神性，有一部分如蛀孔般唐突消失了。

而且失去神性的範圍還逐漸擴大，世界正在消失。

色彩、聲音、氣味、魔力——見到充斥於神殿的神聖氣息被暗影逐漸吞噬，恩奇都的動作出現瞬時停滯。

狂戰士亦是如此，只見她巨軀一轉，將注意力瞬時轉向神殿內部，放射「災厄」之光。

虹彩光輝轟然竄過哈露莉頭頂，以及伊絲塔女神身旁。

但光束一接觸到神殿內的「暗影」就無聲無息地消失了。沒有爆炸，沒有衝擊波，就連颳風也沒有。

「……」

狂戰士毫無防備地露出背部，現在是攻擊的好時機。可是恩奇都沒有那麼做，而是對頭頂上的巨大金鍊凝聚魔力。

「狂戰士！」

哈露莉見狀立刻對狂戰士下指示。

若是未經加護的她，光是被穿過頭頂的災厄之光照射或許就要失去意識了。
但現在的她再不濟，好歹也是女神伊絲塔的祭司長。
不必擔心背後的伊絲塔。
從超越魔力連結的「女神加護」聯繫，她知道狂戰士不會傷害女神。
無論是源自加護還是純粹的成長，她都壓下了本能的恐懼，和狂戰士一起恪守伊絲塔信徒的義務。
「別管槍兵，也別管我背後的刺客！全力阻止那條『鎖鍊』！『那個』一定有問題！」
「不錯喔，我也這麼想。」
女神伊絲塔的聲音忽然在她背後響起。
「唔！伊絲塔女神！感謝您的……」
一轉頭，哈露莉就愣住了。
女神伊絲塔周圍，往神殿內部的通道已完全失去色彩與光輝，只剩一個漆黑的開口。
不知那是空間還是屏障。沒有任何光線能從那裡回來，是完全看不出深度的狀態。
不僅是光線，從那漆黑界線的另一邊，連音波反射和魔力都感受不到。
只要膽敢踏進一步，自己的身體也會立刻消失。如此近乎肯定的預感侵襲哈露莉。
伊絲塔正在全力抑制彷彿要在此擴張勢力的暗影領域。

難以置信的是，那像是刺客的英靈所施展的寶具，居然能與伊絲塔這等神靈抗衡。

「妳沒看走眼，真正危險的是魚叉和那條鎖鍊喔。」

伊絲塔有如要讓目瞪口呆的哈露莉安心似的說道。

並平淡地給出與「暗影」無關的指示，表示一點問題也沒有。

「那種程度的魚叉和鎖鍊，還遠不及那個爛東西自己身體變成的寶具。特地挑大樓頂上蓋那種機關……表示他另有目的……啊。」

說到這裡，「暗影」爆炸性地蠢動。

彷彿在說那個侵蝕光明的虛無，即是世界對伊絲塔掌控的反抗——

神殿內的每一道陰影都開始擁有實體，侵蝕周圍的光明。

伊絲塔眼神嚴肅地望著這一切，手輕微上揚。

剎那間——伊絲塔魅惑了空間，周圍空氣與牆壁開始扭曲，頭上石階也如柔嫩花瓣般綻開。

「能請妳招呼一下這個不識趣的刺客嗎？」

「伊絲塔女神！」

伊絲塔對自身信徒露出極其無畏的微笑，說出驚人資訊。

「對了對了，那個影子，就連我碰到也會死。要小心喔？」

「什麼……」

「而且，這片森林『已經被影子包圍了』。」

接下來，暗影開始啃食世界的光明。

神殿周圍的森林不再嘈雜，沉默與黑暗從世界內部流滲出來。

樹葉底下、翻捲的樹皮下、黑色激流的浪花底下、伊絲塔原先魅惑且操縱的沙土縫隙間——各處「暗影」都在增幅，訴說這才是它們的真面目。

可是那挾帶死亡色彩的暗影，卻連一隻樹上的蟲子也沒殺死。

蒼穹照耀下的大地之「影」只否定一樣東西。

那就是欲以虛假光明籠罩大地的天空女主人一人而已。

「馬安納，我們走！」

伊絲塔跳出頂上開口並如此大喊。

構成神殿裝飾品的青金岩和黃金一齊蠢動、飄浮，並聚合到她的身邊。化為具有兩道優美弧線的弓狀舟，乘載伊絲塔一飛沖天。

然而「暗影」仍不放過她。

彷彿有光就有影的體現，大群暗影對伊絲塔這顯現於世且迷眩萬物的光輝緊追不捨。

與其說是黑色物體湧向空中，更接近漆黑一路向天侵蝕，從四面八方追逐飛上天的伊絲塔。

女神伊絲塔以魅惑支配周圍空間、地形、氣流甚至空氣密度，反覆驚險避開神力也不管用的「暗影」洪流。

優雅、華麗，卻又大膽果決。

可是那不可能永遠持續。

馬安納原本是能夠自由馳騁全世界的天舟。

但世界尚未完全恢復神代，只有在神殿與森林的範圍內能維持最高速。

相反地，「暗影」是反抗新世界之物，哪怕天涯海角都將存在。

只要執意追下去，伊絲塔遲早會用盡神氣與魔力，這是不言而喻的事。

然而這是以她不反擊為前提。

「哎呀，正好可以呢。」

伊絲塔看著眼下糾纏古伽蘭那的巨蛇，像個想找合適樹枝的小學生那樣往下伸手。

「來吧，『希塔』！」

那是神的挑戰者擊出的詛咒巨蛇，九頭蛇的化身。
但不知為何，逐漸取回全部權能的女神殘響連巨蛇的型態都能魅惑，改造成全然不同之物。
氣場以巨蛇的輪廓聚於一處，反轉所有詛咒，變成小蛇。
伊絲塔駕馭馬安納到處閃避「暗影」之餘把手一伸，七條蛇便纏上她的手指並交互纏繞，形成一把「祭器」。
那是七蛇造型的石質錘矛。
伊絲塔用一隻手輕輕舉起外觀凶殘的武器喊道：
「吃了他！」
一轉眼，伊絲塔已驅舟飛向高空。
再高、再高，高到有如飛向星海與金星的地步。
「暗影」也一路追蹤至此。
不知真偽，伊絲塔親口說過「碰了神也會死」的影子。
像巴別塔般向神高高地、高高地伸長了手，堆疊成漆黑的塔。
馬安納以雲霄飛車般的路線急劇旋繞並忽然掉頭，往暗影之塔尖端急速俯衝。
女神伊絲塔身為諸神之一，不許任何高塔接近神的領域。
不，錯了。

這裡只有一個神。

為了向世界宣示天空是自己的，是伊絲塔的領域——

伊絲塔完全順俯衝之勢揮下武器。

「七頭戰錘希塔」。

據說伊絲塔誕生時就抓在手上的七蛇模樣的戰錘。

僅是存在即可剿滅敵軍的戰錘，被伊絲塔女神使盡全力與神性砸向暗影之塔頂端。

閃光迸射。在這一刻，從特定區域仰望天空的人是這麼說的：

「金星變成兩個了。」

馬安納和戰錘希塔留下霎時的輝煌，一路壓潰暗影直衝地面。

同時積蓄力量，要在返回神殿之時就此將暗影和刺客的靈基一併擊碎——

可是伊絲塔失算了。

那絕不是什麼巴別塔。

就屬哈山・薩瓦哈不可能築起那樣的塔。

這座暗影之塔有多高，就代表伊絲塔自身光輝所導致的傲慢有多高。

因此，無法以光輝將其消滅。

「……我真的是與冥界的東西犯沖耶！」

如此說道的她壓著暗影把頭一抬，往天空的神獸望去。

若想消滅這個暗影，恐怕得傾盡神殿的所有勢力。

為此，得先依序處理危險因子。

「古伽蘭那。」

女神對保護神殿不受巨蛇群侵襲的天之公牛斷然下令：

「在我壓制這傢伙的時候——去破壞『鎖鍊』的源頭。」

那並不是高壓的命令。

語氣輕鬆得像是要寵愛的小狗撿球回來。

可是一旦出自女神之口，那即是新的天理。

這個瞬間，政府機關等美國各地的氣象站都觀測到颱風「伊南娜」出現異常動態，紀錄在短短幾分鐘內便遭到刪除。

因為該「行動」明顯到留下紀錄也只會被當成偽造或玩笑。

即使是魔術師，一時間也難以置信吧。

畢竟那個異常停滯多時的颱風——居然「後退了」兩公里之遠。

無數箭矢刺滿巨獸的腳。

巨蛇之氣由此處不斷湧現。

黑泥的瘴氣，殺害無數英雄怪物的劇毒，一外一內地將神代巨獸的腳鎖在大地上，要連同其神性一併腐化。

可是那不會是他違抗女神命令的理由。

天之公牛不在乎扯斷自己的一條腿，直接大幅後退。

光是往背後一跳，就能挖開大地，整座森林吹起狂風。

以颱風為形的巨獸壓低姿勢並大口吸氣，在體內凝縮暴風雨的概念。

幻覺般的晴朗與寧靜，霎時籠罩正受暴風雨凌虐的史諾菲爾德。

然而，關在家裡的人都沒發現這個異常現象。

極小部分看著窗外不知道害怕的人只是疑惑，但也是一下子而已。
因為所有駭人氣氛消失不見，雨過天晴般的夢幻景象，只持續了僅僅四秒半。

下一刻，巨獸吐出雷鳴與豪雨交加的死亡激流。
巨大龍捲風以神獸之口為起點急速形成，衝向史諾菲爾德最高建築頂端。
巨獸純憑蠻力吐出的物理現象，規模大到簡直能用「由西往東」來形容。
若是以此橫掃地面，還不用等幕後黑手舞權弄計，史諾菲爾德已經夷為平地了。
風勢更甚颱風的餘波橫掃森林與城市，而本體更挾帶秒速兩百公尺的真空刃、冰珠甚至雷電吞沒水晶之丘的最頂端。

「嘖……抽到下下籤了嗎……？」
人就在樓頂的希波呂忒主人之一——朵麗絲．魯珊德拉冷汗直流，催動全身魔力。
並且抱起在樓頂捕鯨砲旁凝視西方森林的銀狼。
銀狼抵抗了一下——隨即注意到朵麗絲沒有敵意而停下。
「我是沒想到同盟對象會是合成獸啦，但同盟的主人死了還是很不好。」
即使與凜對戰的傷還沒痊癒，朵麗絲仍強行擴張魔術迴路，加速全身硬化。

「不……八成死定了。抱歉。」

準備即使是死也要用全身保護銀狼的瞬間——雷風之氣息也到達樓頂。

這即是神獸之力。

這即是天空的偉業。

是有如掌管一切的女神伊絲塔終將得勝，堂而皇之的天譴。

足以宣告神代回歸，女神重新掌握人間福音。

然而——

反抗時代變革的，還有一人。

「————————」

無字的詠唱在樓頂響起，突來的魔力屏障驅散暴風。

「……唔！」

朵麗絲轉頭一看，只見一名少女站在那裡。

稚氣未脫，年紀小得只能以小孩形容的少女。

朵麗絲剛來到這裡時，還認為她不會合作。

除了年紀小，她還將所有魔力都用在維持自己使役者的「遺體」上，持續以強硬手段防止他化為靈子消失無蹤。

朵麗絲原以為她是年紀太小，不懂得割捨，只留話請她的親信到北方溪谷開會，就來見槍兵的主人銀狼。

因此少女來到這裡，恐怕即表示那位英靈的遺體終究是歸為靈子了。

緹妮．契爾克。

英雄王的主人，這場聖杯戰爭中第一個淘汰的少女。

但是見到少女眼中仍有強烈光輝，使朵麗絲立刻改變想法。

她是以一名魔術師的身分，來到這裡反抗西方森林的「神」。

「這片土地上……『有』我的家人……」

她的十二個哥哥與九個姊姊，都作為活祭品獻祭給土地而深埋入土。

緹妮接受自己生來就是為這個獻身詛咒作「聯繫」，而這並不表示她對家人沒有回憶。

即使笨拙，也教了她幾個普通人類遊戲的姊姊。

想方設法，只求么妹能脫離命運掌控的哥哥。

戰場上沒時間讓她回想那些事。

然而那些事偏偏滿腦子打轉，使緹妮懷著明確怒氣喊出聲來：

「所以我不會把這個大地……這片土地……我的『家人』！交給任何人！」

完全、純粹是順從欲望，少女喊出旁人聽來可說是胡鬧的怒吼。

「就算是神明也一樣！」

——幼童就該有幼童的樣子。

緹妮覺得很諷刺。

現在的自己，就像哭鬧的小孩一樣。

這片大地本屬於星，自己這些人類口中的守護土地，不過是人類在自說自話。

吉爾伽美什王曾說：「所有土地終將歸落我的庭院。」不知是出自王者的傲慢，還是為了彰顯自己是人與星之間的調停者。

雖然不懂，但事到如今可以確定一件事。

就算現在的憤怒不是為了土地守護者一族，只是傲慢與自私——緹妮站在這裡反抗「神」，憑的仍是自己的意志。

仍是孩子的她以魔術造出包覆水晶之丘頂部的頑強魔力屏障。

足以抵擋衝擊摧毀大樓的防護結界。

那龐大的魔力不僅是來自自身的魔術迴路，還汲取了龍脈的力量。

但僅憑魔術師一己之身實在難以支撐那樣劇烈的魔力，從土地補充魔力的速度跟不上消耗，屏障強度短短幾秒就開始衰減。

天之公牛的吐息猶未斷絕。就在朵麗絲覺得終究躲不過命運時，銀狼高聲吹響長嚎。

隨後——刻於銀狼身上的一劃令咒發出紅光，湧現更為龐大的魔力。

× ×

「！」

恩奇都避開天之公牛的吐息餘波，落在被大地抓住依然浮在空中的巨大魚叉上，感到魔力通路相連的銀狼發動了令咒。

但是，那對他的靈基沒有造成任何影響。

反而能確切感受莫大魔力單純經過他的魔力通路返回城市。

銀狼大概是下意識發動了令咒，用來做什麼呢？

經過零點幾秒的詳查，恩奇都掌握細節，回頭望了一眼城市並低語：

「謝謝。」

「……衷心感謝你是我的主人。」

× ×

「唔！」

緹妮在銀狼令咒的光輝下，感覺莫大魔力流入自己體內。

——他把令咒的力量……傳給我？

這種行為簡直顛覆聖杯戰爭的常識。

何況令咒的力量必須用在自己的使役者上，根本無法用來加強沒有魔力連結的其他主人。

可是緹妮想起自己現在是例外。

她一直將自己的魔力用來防止吉爾伽美什的亡骸潰散。

為了讓她的肉體能夠撐下去，恩奇都將連接自己與銀狼的魔力通路也暫時接到她身上。

冷靜思考，恩奇都碰一下肩膀就能完成這種事就已經夠異常了。而這也讓銀狼成功透過恩奇都將令咒的魔力傳給緹妮。

據說令咒的力量甚至能達成近乎魔法的轉移空間。

那份魔力使得與土地融合的緹妮全身魔力迴路瞬時擴張，改造成不會傷害身體的強韌迴路。

屏障因此大幅膨脹，將逼來的猛雷與龍捲激流全都消散為空中的煙塵。

三秒後。

屏障幾乎在吐息結束的同時消失。

看來即使用上令咒的力量，張設足以抵擋神擊的屏障也只能擋個幾秒鐘。

「……謝謝。」

確定驚險撐過吐息後，儘管有所猶疑，緹妮仍向站在身邊仰望著她的銀狼道謝。

「……」

銀狼似乎有話想說。

眼神像是在擔憂緹妮原本想保護的人——

躺在頂樓地板上，她的「使役者」。

緹妮也看出其心思，在銀狼身邊蹲下，抱著他說：

「能做的，我全都做了……至少我是這麼想的。」

緹妮回想著自己幾分鐘前的「某個行為」，強忍不安地皺眉，懺悔似的低喃：

「這是一把很大的『賭注』……再來，我的命運就交給大地決定了。」

× ×

新伊絲塔神殿周邊

天之公牛也見到了自己的吐息被人擋下。

他心中湧起的不是疑惑，是純粹的憤怒。

古伽蘭那被召喚到這個神祕稀薄且仍在消散的世界上。

他在地面感受不到任何伊絲塔以外與蘇美有關的神性，對天空女主人盡忠是唯一的存在意義，也是喜悅。

然而，他卻無法完成女神的命令。

恩奇都——與神反目，曾經毀滅他的「土塊」。他對這個「道具」的仇恨，在女神伊絲塔的

命令前簡直不值一提。

因此，天之公牛狂怒得渾身發抖。

對象不是別人，正是無法完成伊絲塔命令的自己。

天之公牛昂首向天，發出憤怒的咆哮。

這道聲音以各種形式傳至星之內側，東洋當成原因不明的地鳴，歐洲視為傳達末日將近的天啟之聲，使得人心惶惶。

在神獸腳邊的史諾菲爾德，公牛的咆哮具現化為數百道雷鳴與呼嘯狂風。

短短十秒之間，超過一萬次落雷打在周邊區域。望著窗外的人大半在此刻昏厥，沒有魔術防護的行動電話或錄影器材悉數毀壞。

接下來，公牛開始大口吸氣。

不僅是周圍颱風，他連構成自己身體的神性也灌注下去，要吹出比上次強大數倍的吐息。

神獸知道，無論方式為何，伊絲塔總歸是愛著人類。

所以，殺害人類雖在許可範圍內，但要壓到最低。

不過現在已經沒有必要拿捏力道。

他畢竟是在伊絲塔女神的訴求（威脅）下解放於人間的破壞概念之具象，只是過去遭到守護阿卡德地域的諸神封禁罷了。

為達成「澈底的破壞」，公牛正是要使出用盡全力的一擊。

以英靈來說，那是相當於寶具的絕技。要將自身存在變換為烈風盡數吐出，並於目標處重新構築自己，類似一種超高速移動。

換言之，就是維持內含一整個颱風的龐大質量與能量，以每秒三百九十六公尺的速度衝撞目標的「野獸式攻擊」。

是吐息，同時也是全力突襲的神獸衝撞。

這將使得颱風以媲美木星平流層狂風的速度移動。

假如這種攻擊真的實現，恐將對全球造成不可逆的影響，不會僅限於此地。

但是，唯有伊絲塔女神的神殿另當別論。

無論做什麼，天之公牛的攻擊都會依循既定之理，不會傷及女神伊絲塔與她的神殿。

由於本能告訴他這點——

神獸要成為替神代行破壞的系統，將自身存在完全賭在破壞「敵人」上。

他大口吸氣，將自身神性凝聚於肺中一點的瞬間——

「……如果是『我』，一定會這樣說。」

天之公牛頭頂上，響起了渺小之人的聲音：

「你的動作，破綻太大了。」

如此淡然宣告的同時——

提亞・厄斯克德司順著古伽蘭那吸氣所引起的氣流，將周圍幾個保齡球大小的「衛星」丟進他的胃裡。

隨後，崩毀的連鎖開始了。

說不定——這個連鎖早已開始。

在古伽蘭那第一次吐息之前。

從一名刺客「確定」能暗殺伊絲塔那一刻起。

×　　×

新伊絲塔神殿周邊

「暗影」早已侵蝕至森林地下。

很諷刺的是，最先察覺的是位在比激流更深處「地底」的騎兵陣營與劍兵陣營一行，以及被激流沖走的吸血種。

幽弋的哈山所造出的龐大「暗影」目前受到壓制，沒有繼續擴張。

但只要有光和遮蔽物，就無法使影子從這個世上消失。

構成神殿的石材縫隙，林木內部，甚至人體內部等光線無法到達之處，都不停遭受「暗影」無聲無息的侵蝕。

那是與混雜在激流中的汙泥不一樣的漆黑。

沒有任何魔力或詛咒的感覺，堪稱虛無的團塊持續在森林中蠕動。

「怎麼會……」

冷顫爬過哈露莉全身。

只因見到明顯異質，卻感覺不到一絲魔力的「暗影」之海。
那樣的東西始終潛藏在激流底下，早已侵蝕了神殿周圍的森林。
對女神伊絲塔的直接侵蝕，已遭到阻隔。
不過，那是主攻同時也是誘餌。
伊絲塔手中戰鎚的魔力，確實不斷打散襲向她的暗影。
但卻無法消除。

宛如虛無的黑暗，以如火如荼的速度包覆世界。
激流中湧現的暗影開始覆蓋森林，塗改成看不出厚度的皮影戲。
彷彿要讓世界否定從天傾注的光輝。

要讓即將新生的神代，就此沒入星之暗影。

×　　×

柯茲曼特殊矯正中心

「……想不到有靈基可以跟神性纏鬥到這個地步。」

以一句「想怎麼做都是你的自由」送走的英靈，正在使用某種未知的力量。

法迪烏斯透過魔力通路收到這種感覺，並從神殿周邊的觀測數據整理出一些狀況。

靈基核心早已破碎。

儘管如此仍舊存在的矛盾。

藉此可以肯定，這恐怕是刺客連主人都沒透露的寶具。

依結果看來，這個寶具的力量足以拮抗掌控神殿的神性。

「太驚人了。刺客靈基基本上都是偏弱才對……」

法迪烏斯淡然低語，將宿有令咒的右手舉向虛空。

「你十分可靠，卻也十分危險……就讓我採取萬全之策吧。」

假如——靈核破碎的英靈也能持續發揮寶具的力量，最後會變成什麼樣呢？

無論是從魔術角度還是聖杯戰爭的角度，這種事都難以想像，但還是得設想為一種可能。

一劃令咒發出光芒，法迪烏斯對自己的使役者打出「決定性的一步」。

「原本是三劃都想保住的，嗯，就當作是替你賤行吧。」

「我以令咒下令，『消耗你所有一切』，剿滅西方森林的災厄。」

令咒確實發揮效力，且感受不到刺客對這道命令有任何抵抗或反意──

「刺客，真的要說再見了呢。」

法迪烏斯面帶苦笑，但不帶絲毫後悔地告別。

「雖然我自認無時無刻都保持最高警戒……」

「可是到最後的最後，好像還是太小看你了。」

×　　×

新伊絲塔神殿

魔力爆炸性地膨脹，原本完全隱藏氣息的暗殺者浮現在伊絲塔眼前。

見狀，伊絲塔對融合了無數暗影的刺客說道：

「真可憐呢，居然在最後關頭被主人背叛。」

伊絲塔無視沉默不語的暗影繼續說：

「感覺是主人用了令咒吧？命令你灌注整個靈基到寶具裡。」

聳肩的她，語氣是同情多於譏諷。

「所以說人類這種東西，就是該交給我來管才行。動不動就利欲薰心，做出一堆蠢事。」

但她仍毫不鬆懈，繼續以神之權能壓制依然泉湧不止的暗影。

幽弌的哈山沒有任何答覆，骷髏面具依舊飄浮在化為暗影增殖起點的神殿裡。

暗影對女神隻字不言。

死亡對聖者片句不回。

彷彿已經無話可說。

宛如一切都已經結束。

可是，傲慢的女神沒有注意到。

目前還沒有。

神殿前

×　　×

面對湧現自激流的無數虛無，哈露莉只有霎時退卻，隨即就想起自己的使命而命令狂戰士：

「狂戰士！槍兵在上面！」

她的眼裡映照著狂戰士張開的屏障、被伊絲塔操縱的大地抓住而停止行進的巨大魚叉，以及立於其上的恩奇都。

恩奇都射出無數寶具化的鎖鍊捆住神殿，再將鍊頭纏住魚叉並收回，強行把魚叉拉向神殿。

不。到了這一刻，或許他的目的已經完成一半。

充斥於神殿的女神伊絲塔——美索不達米亞諸神神性，正透過鎖鍊流入魚叉。

「唔……！怎麼會這樣！」

錯愕之餘，直覺告訴她——

再這樣下去，女神伊絲塔和「暗影」的拮抗不僅會崩潰，恩奇都的力量還會大幅提升。

如果在這個節骨眼還要保留實力，那個英靈就會攻入伊絲塔的領域。

「我以令咒下令！」

祭司長沒有片刻猶豫。

並不存在絕對的優勢。

身為魔術師、受伊絲塔加護的祭司長與狂戰士的主人，她十分肯定從這裡開始，走錯任何一步都會造成致命傷。

因此，她奮力呼喊。

為完成自身使命，拋棄生命也在所不惜。

「全力打垮伊絲塔女神的敵人……那個槍兵！」

哈露莉還不知道，那對狂戰士而言是多麼殘酷的命令。

×　×

在這個諸神時代與人類時代的交界。

儘管塗改順序相反，仍與巴比倫文明的繁榮期相當類似。

因此，真狂戰士——胡姆巴巴在史諾菲爾德始終是在似夢似真的感覺中震盪世界。

那是惡夢，也是甜蜜的美夢，感覺過去的一切都回來了。

「她」早已失去理智，同樣也淹沒在狂靈無數的激流裡。忽然間，意識在幻夢中浮上表面。

映於眼中的，是天空。

美麗的金色大橋上，有個站立的人影。

那是她熟知的朋友。

與她認識的形象完全不同。

可是一眼就能確定。

那無疑是——

「恩　奇　都　。」

幾乎在叫出那個名字的同時，令咒的魔力流入了她的「夢」。

「不要　！」

世界立刻遭到改寫。
少女的意識被將近三千道「聲音」抹滅，壓進意識的深淵。
只有一名少女除外的大量「聲音」，也很清楚自己看見的是什麼人。
那是仇人。
「不　對　。」
那是把我們趕盡殺絕的可惡仇人。
那是不允許我們存在的可怕仇人。
那是對我們見死不救的殘忍仇人。
那是妄想讓我們解脫的愚蠢仇人。
「恩奇　都　是　——」
都是他害的——
都是他害的。
害我們誰都不是。
成不了人。
幫不上神。
守不住女神的庭院。

連成為怪物都不許。

「把我們——」

非得殺了他不可。

主人、女神、諸神、人類、世界、森林。

我、我、那些孩子們。

每個人都在盼望。

「————」

殺死他。

破壞他。

破壞那個恐怖的「人類」。

殺死那個駭人的「泥偶」。

給他沒有意義、沒有憐憫，甚至沒有理由，只有痛苦的消失。

×　×

『————————————————————————』

狂戰士的咆哮響徹神殿周邊。

她不像天之公牛，足以撼動整個世界。

但也因此凝縮得更為鮮烈，飽含無數殺意與瘋狂的叫喊襲向恩奇都。

「……唔！」

叫喊的同時，狂戰士背上光輪大放光芒，分作七彩光束往恩奇都澆灌下來。

恩奇都驚險避開，穿梭於地面林木間試圖牽制，然而經過令咒提升力量的狂戰士不給他那種機會。

直接全方位放射災厄之光，掃平周圍林木。

雖然避開了哈露莉和伊絲塔所在的神殿，守護者可沒天真到會讓恩奇都躲進安全地帶。

兩個神造兵器劃出七彩虹光與金色軌道，上演一場在林中奔走的追逐戲。

災厄之光在空中製造災難性的火焰龍捲風和寒流冰牆，限制恩奇都的行動範圍。

恩奇都才剛用手刀破壞出現在眼前的冰柱，就發現裡頭藏有其他災厄——瘟疫。

他知道那對自己也有致命效果，便全力改變路線——

可是守護者早已預判這一步，趁機全力出擊。

像是右手的部位所擊出的衝擊波，狠狠擊打恩奇都的身軀。

恩奇都一路撞倒數棵大樹，最後砸在受伊絲塔魅惑而隆起的大地之牆上。

狂戰士畢竟是森林的守護者，在這之前都沒能破壞被激流淹沒也依然緊抓大地的樹木。

可是第二次的令咒解除了這個制約。

恩奇都雖受到傷害，距離毀滅還很遙遠。

狂戰士也知道這點，於是不帶任何慈悲與躊躇地揚起左臂，要將恩奇都歸於塵土——

忽然間，一道人影竄到她面前。

「——狂想閃影（Zabaniyah）——」

放射狀射出的黑色髮絲，將狂戰士巨大的四肢緊緊纏住。

「妳……」

位在髮絲中央的無名刺客面無表情，眼神卻意志堅定，不等恩奇都說完便開口：

「……我跟『你們』的盟約應該還有效。」

「這……」

就在恩奇都要回答的瞬間——

森林一角的土地忽然隆起，火山爆發似的爆開了。

接著——從中跳出閃光般的人影，以驚人速度踏過黑色激流，砍進狂戰士的身軀。

那是伴隨光輝的一擊。

斬開經過諸神重重加護，硬度遠超鋼鐵的皮膚，沖天而去。

儘管那遠遠算不上致命傷，仍使得狂戰士失去平衡向後倒下，地鳴響遍史諾菲爾德森林。

無名刺客隨之解開頭髮，降落在沒入激流一半的巨大倒木上。

接著，揮出那一斬的男子也跳出激流，落在石頭上勾唇一笑。

「沒錯……就是同盟。」

劍兵肩上扛著像是因為那一斬而折斷的裝飾劍，對恩奇都說：

「同盟是我發起的，當然要來救場啊。」

而且笑得像個純真的少年，大言不慚地說道：

「老實說，我還差點忘了呢！」

×　　×

數十秒前　史諾菲爾德西部上空

「你先前吞下去的，不需要還給我。」

提亞．厄斯克德司面無表情，對巨大颱風輕聲說道。

在衛星軌道上與槍兵交戰時，他也曾擊出這個差點毀滅洛杉磯的魔術。

天之公牛就是吞下了那些「衛星」，將其中的龐大魔力納入體內。

提亞毫不猶豫地發動剛才送進他肚子裡的其他「衛星」所內藏的魔術。

「——『空洞異譚／忘卻化作祝祭（A Clockwork Abaddon）』——」

剎那間——一部分世界靜止了。

不是時間停止，純粹是物質上的靜止。

提亞能以魔術任意改變物質或魔術，甚至概念的速度，利用「衛星」中使分子運動趨近停止的術式，直接冷卻天之公牛的心臟——即無數積雨雲和氣流所產生的熱源，也就是「颱風眼」。

儘管在科學社會中，存在對颱風灑乾冰降低風速的理論，不過實際計算起來，準確灑下十幾架巨無霸噴射機容量的乾冰，也只能降低幾公尺秒速而已。

但將那消滅大半北極冰帽的祕術純粹用來冷卻時，卻對天之公牛造成了爆炸性的影響。

古伽蘭那內含的能量就這麼遲緩、僵化、凍結、停止了。

與強風一起盤旋的水滴瞬時結冰，連成為雪的時間都沒有。

維持颱風的形狀，在空中築起世界最大的冰雕。

成長到甚至能包住整個內華達州的巨大颱風，只因一個魔術的連鎖效應就當場停止不動，畫面實在匪夷所思。

如果是天然的颱風，多半會立刻煙消雲散。反過來說，發生這樣的溫度變化，對周遭氣候肯定會造成非同小可的影響。

不過——古伽蘭那終究是神獸。

以天之凶暴為概念塑造而成，「諸神之蹂躪」的具體化。

若說寒流熱浪是地理所致——

那古伽蘭那就要以獸理與神理將其盡數否定、壓倒，並且踐踏。

就是這樣的霸道，讓公牛能夠留在天上。

不需要講什麼道理。

女神的權能所造成的結果就是一切，道理是事後解釋出來的。

數千、數萬，甚至數億道閃電照亮天空，宛如開天之時或世界末日的雷霆轟動世界。

天之公牛將自己儲蓄的魔力全部轉為雷電，再吸收周圍瑪那，纏繞其身的積雨雲漩渦每個角落都發出強光。

將全長甚達五百公里之物壓縮而成的雷光漩渦，儼然就是天之公牛的黃金鎧甲。

「……真是怪物。」

提亞咂嘴咒罵，提升周圍「衛星」的轉速。

不知裡頭包含了怎樣的術式，衛星發出蒼白光芒——

就在那個恐將史諾菲爾德燒成萬年荒野的魔術擊出之際，一股劇烈的魔力奔流衝過懸浮於高空的提亞下方。

「仗恃偽神的力量……披雷戴電。」

那是手中巨弓高如其人的復仇者。

「是被海神硬套上克里特牛皮了嗎？」

提亞從上空觀察，注意到那是先前還在工業區不停擊出毒蛇魔箭的使役者。

——才過幾秒就到這裡來了？

在提亞看來，那個速度也是快得難以解釋。

復仇者的身軀，已經開始偏離人道。

雖然外觀還是人形，但提亞看得見他的內容物，認為那已「詭異得無法言喻」。

奪自開膛手傑克的暴戾惡魔靈基與血肉融合，奇蹟般地迫使神性、汙泥、毒素，甚至他破格的魔力達成均衡。

能做出這種事的，不會是人、英雄或神祇。

那是僅為復仇二字就捨棄自身靈基，試圖羽化成另一種東西的怪物。

以涅墨亞獅皮製成的皮裘縫隙間，洩出夾雜詛咒的話語。

「……宰牛這種事，我很熟練了。」

聽似冷靜，卻隱約有種歪曲。

他——阿爾喀德斯眼中所見，不知是天之公牛，還是雷霆化身的主宰之神。

「你已經轟不出撕裂星辰的雷鳴了。」

接著射出的箭，沒有釋放出先前那般化為巨蛇的魔力。

因為他將足以幻化成九頭蛇虛影的魔力，全部灌進了細細的箭身裡。

表示達到音速的衝擊波捲起強風。

然而認知這點時，箭鏃已經抵達公牛的腳。

粗如小鎮的天之公牛右前腳。

膝蓋一帶——就這麼在天空與大地的交界處憑空消失了。

「來自大海的獻神祭品，懷藏神怒的可憐小牛啊。」

輕易得簡直掃興。

就像用針扎水球一樣。

在箭鏃觸及目標的瞬間，其中的一切便否定了公牛的存在。

箭鏃灌注了奪自戰神軍帶的神氣，輕易突破公牛同樣有神氣保護的體表。箭內龐大的詛咒、劇毒和魔力沒有互相噬咬，全為破壞公牛發揮作用。

「你就乖乖回去克里特，把自己獻給人類吧。」

名喚阿爾喀德斯的魔人、復仇者，正接近完成。

在劇毒與詛咒的侵蝕下，以生命與理性作交換。

從前的大英雄只是不斷往狹窄的螺旋深穴自甘墮落。

到達底部時，恐怕這個史諾菲爾德已經沒人擋得住他。

除了一人——

「有權對復仇者復仇」，具有半神之力的女王之外。

×　　×

新伊絲塔神殿頂部

「——唔！」

哈露莉的視野中，出現一名駕馭巨馬的英靈。

那名女性使役者，也接在應為劍兵的靈基之後跳出大洞。

大洞周圍受到某人的魔術所製造的略高冰牆圍繞，不讓蹂躪森林土地的黑色激流灌入。

「騎兵……？這麼強大……！」

英靈的六邊型能力值，展開在她這個主人的眼前。

見到其上的能力後，哈露莉立刻提高警戒，在周圍布展身披琉璃色甲冑的蜂群。

面對英靈，蜂螯恐怕沒有任何意義。

可是身為女神伊絲塔的祭司長，哈露莉沒有不作為的選項。

「唔……」

甲殼宛若藍色盔甲的無數「毒蜂」在希波呂忒眼前群聚起來，阻擋去路。

她立刻明白那是有人操縱的使魔，便四處觀察，在神殿頂部的入口附近發現少女身影。

「是那座神殿的巫女嗎……」

希波呂忒靈巧地調轉馬頭，一個蹬腿就衝到神殿入口附近。

「相信妳就是守護此神殿的巫女了！值此戰時，請恕我不便下馬！」

希波呂忒自己就是阿緹蜜思的神官長之女，同時身為女王，也是守護神殿的戰士長。

所以即使對方拜的是異教之神，也沒有低蔑放肆之舉，只是平然報出自己的要求。

「我不會否定妳的信仰！但是，根據主人之盟約，無法坐視這尊古神恣意操弄人間，蹂躪蒼生！故我此行之目的，便是將這神之殘響送回太古之地！」

希波呂忒向女神正面宣戰。

應為伊絲塔的巫女所操縱的蜂群在她周圍散開，但——

希波呂忒在手中顯現巨斧，配合坐騎動作單手旋轉。

捲起的風反彈了颱風造成的強風，也將蜂群瞬時颳到遠方後，她從馬上對巫女宣告：

「身為戰士，身為王者，我並不想做無謂的殺生。進神殿的路上，希望妳別來阻攔。」

語畢的希波呂忒拉緊韁繩，無論巫女做什麼都要衝過去。

往神殿內部的通道上，不斷生出黑影的骷髏面具頗令人在意。思考是否該忽視時——

頭頂上響起神聖且傲慢的聲音。

「何其不敬啊，西方戰神之女。」

「唔！」

「還是說我該叫妳……月之女神神殿的戰士長呢？」

希波呂忒猛一抬頭，立刻見到騎乘天舟，手持七蛇戰錘的女神。

「妳不是被阿賴耶叫來保護人類的吧？區區一個聖杯戰爭使役者，居然要為了人類驅逐我？這個玩笑也太難笑了。」

她的周圍滿是光輝。

不是眩目的光輪，而是安詳通透，仰望藍天時所能感到的爽朗光輝圍繞在她周圍。

戰錘發出的能量奔流，與伊絲塔本身的光輝。

兩者抵禦著周圍不斷襲來的無窮暗影。

神。

在面對伊絲塔之前，希波呂忒已經明白即使她是以小聖杯為媒介降世的狀態，也比他們使役者高上一階。

儘管如此，她一步也不退縮，以駕馬對視的方式向天空女主人喊道：

「這與我受召的理由無關！吾身永為扶弱之盾，雙臂永為抗暴之刃！這是我對月之女神與父親戰神立下的誓言！」

經由希波呂忒這番堂皇宣告，以及剛才女神的話，伊絲塔的巫女想到騎兵的真實身分而不禁呢喃：

「亞馬遜的……女王。」

同時，來自眼下的大聲反駁使伊絲塔垂眼嘆息——

「真是的，接在那個爛東西和這個可惡刺客之後又來一個……」

隨後睜開的雙眼泛起極其冰冷的光輝，全力行使「魅惑」之權能。

「你們真的是有點太小看我了。」

在彷彿神殿周圍大地崩塌的震動之後，這個巨大的神殿浮上空中。

連接巨大魚叉，由捕鯨砲射出的金色鎖鍊也隨之上升，成為連接城市與空中要塞的吊橋，懸浮於世界之中。

「什……！」

就連希波呂忒也驚叫出聲，穩住馬匹避免跌落劇烈震盪的神殿。

「以為我沒發現地底下那些鬼鬼祟祟的小老鼠嗎？」

原本神殿基座蓋住的地面底下開了好幾個洞，從洞口能看見許多人影蠢動。

「原來如此，以為神殿會提升我的力量吧……倒也沒錯，但是以為毀了神殿就能殺掉我的想法……真是太不敬了。」

伊絲塔一邊說，一邊舉起戰錘。

並對傳說中僅是存在就能帶給敵人死亡的戰錘，附加自己的魔力。

「話說回來，讓使役者來當誘餌這點還滿大膽的嘛。雖然一樣會讓你們灰飛煙滅，從我的世界消失，不過我很喜歡那種人類喔？」

發自內心表示並不反感之餘，她要對神殿底下的魔術師們砸下死亡。

「卡利翁！」

駿馬順應騎兵的呼喚，發出嘶鳴縱身一躍。

在狂亂的風中，牠彷彿沒有重量，以飛來的樹木與伊絲塔升起的大地碎塊為踏台，奔入森林上空。

「狂暴吧，軍帶！達瑪蒂亞！」

希波呂忒解放寶具——戰神阿瑞斯軍帶的力量，將戰斧換成弓並拉滿。

軍帶湧出神氣，色調異於神殿的魔力注入弓矢。

隨後放出的箭直線射向女神伊絲塔，她則用戰錘揮開繚繞神氣的一擊。

同時也代表，那打破了伊絲塔設下的屏障。

「真可惜呢。」

伊絲塔不屑地一笑，對不斷在空中躍動的希波呂忒說道：

「如果是在月之女神（阿緹蜜思）或西方戰神（阿瑞斯時代）的領域，已經射中我了吧。」

接著，當她將掃開箭矢的戰錘指向希波呂忒時——

這次是眼下神殿有無數「詛咒（Gandr）」飛來。

「！」

雖無法擊穿屏障，咒彈迸開的碎片卻干擾了她的視線，騎兵趁隙向下策馬到神殿頂層，保護那裡的人。

神殿上多了兩道人影。

那兩名女性服裝一紅一藍，十分顯眼，看得出來都是老練的魔術師。

「還好趕上了。不過跟我到神殿上的只有妳一個，就有點美中不足了。」

聽藍衣魔術師——露維雅這麼說，凜立刻回嘴：

「哦，真不愧是鬣狗啊。我看妳挖洞跟喝水一樣，就跟著過來了。」

「要我說幾次妳才會懂？請稱我為人間最優美的鬣狗。」

「會在這種時候要求訂正的人，算什麼優美啊……看招！」

鬥嘴之餘，凜消耗分布於周圍的寶石，擊出魔力彈。

幾乎同時，露維雅也消耗大量寶石施展彈幕與屏障，牽制位於空中的女神。

兩人周圍的暗影有些試探性的蠕動，但是不打算攻擊兩人與希波呂忒的樣子。

「不說那個了，這些『影子』是什麼東西？」

「我也很想知道，不過既然無害就不理它！是同伴就算我們賺到！」

「是啦，都來到這裡，介意這個也沒用呢。」

話雖如此，凜和露維雅仍對「暗影」保持最低限的戒備。

兩人已透過她們的魔術師感官了解到——

充斥於神殿周遭的「暗影」，與死亡深有關聯。

同時也知道，那個死亡的概念並不會針對她們。

只要不對它亂來，就對她們無害。

兩人如此判斷，並將大半意識轉向飄在空中的「女神」。

「妳自稱『女神伊絲塔』是吧……未免也太俗氣。說不定還滿符合神話的啦。」

女神在凜如此挑釁後停下動作，但不可思議的是，她只是一臉懷疑地看著凜。

「嗯？怎樣？我臉上有髒東西嗎？」

以為她會立刻反擊的凜也頗為不解，而女神伊絲塔若有所思地開口發問：

「我是不是在哪裡見過妳？不是跟這個人工生命體的身體，而是跟『我』。」

「啥？我跟美索不達米亞的女神見過？可以把玩笑侷限在妳自己身上嗎？要是跟做得出這種事的人見過，我怎麼可能會忘呢。」

相較於凜愈聽愈迷糊，女神伊絲塔則是獨自理解似的點頭。

「……這種單向的奇怪感覺，恐怕表示我見過的是……另一個地方的妳。那麼，嗯……『就消滅了吧』。」

嗯嗯點頭後——女神伊絲塔毫不猶豫地揮下戰錘。

從天而降的劇烈衝擊波，與希波呂忒及時射出的箭互相抵消——原本活性減弱的「暗影」也隨這一刻從地面一擁而上，勢要包覆整個神殿般膨脹，襲向伊絲塔。

「夠了喔，有夠死皮賴臉！靈核都碎了，什麼時候才要消……」

說到一半，女神伊絲塔忽然注意到一件事，收起表情冷靜下來。

並升高馬安納拉開距離，再次瞪視大批「暗影」。

「喔……我懂了，『原來是這樣』？」

騎兵、凜和露維雅三人利用暗影的遮蔽，暫時躲進神殿內部。

「主人，為何要露面呢？既然都到神殿來了……」

希波呂忒對自己其中兩名主人問道，而凜回答：

「騎兵，抱歉了。原本計畫是由內部破壞祭壇……」

自稱「人間最優美的鬣狗」的露維雅聳個肩接著說下去：

「這座神殿的祭壇呢，只是擺了大量史諾菲爾德市售的珠寶，沒有觸媒也毫無美感可言。」

「更進一步說就是那個女人、狂戰士使役者和那個鬼扯的颱風三樣東西發揮了神器的作用，維持著這個地區的神性。」

聽了凜的補充，希波呂忒瞪著天空說：

「……這麼說來，想阻止世界變質就要……」

「如果澈底粉碎這座神殿，是可以減緩變質的速度，也能稍微削弱她的權能……可是假如要治本，就只能消滅這三者其中之一了吧。」

凜如此斷言。

「不是颱風、狂戰士，就是塞了神靈或是詛咒的人工生命體。不論選哪個都會中大獎，真是欲哭無淚呢。」

「雖然不夠優美，不過收拾掉狂戰士的主人也行得通吧？」

參加過聖杯戰爭的凜搖頭回答露維雅：

「就我看來，那個主人……現在是女神的巫女，和她有魔力連結。恐怕無論殺了那個主人還是癱瘓她，主人權限都會自動轉移到女神身上。」

說到這裡，凜轉為思考狂戰士的身分。

「綜合那個七色光輪、守護伊絲塔的領域……還有瑪麗學姊從醫院前的戰鬥觀測到的資料，與天之公牛來看，那個狂戰士應該是胡姆巴巴不會錯。」

胡姆巴巴。

女神伊絲塔的庭院——黎巴嫩雪松林的守護者，在已知最古老的英雄傳記吉爾伽美什史詩之中，是連吉爾伽美什都懼怕的怪物。

不過，最後還是遭到與吉爾伽美什共闖雪松林的恩奇都擊殺，據說死後其怪物性滲入世界，甚至遠及希臘，對戈爾貢等怪異造成影響。

「我有請劍兵拖住她……不過這樣好像還是太逞強了點。」

×　×

西方森林

劍兵以間髮之距躲過狂戰士胡姆巴巴的右臂，但後續的激烈衝擊仍將他掃飛。

或許是天之公牛移動的影響，覆蓋大地的黑色激流不知何時消失不見。可以看見受瘴氣與劇毒侵蝕的樹木有一半亂七八糟地橫躺在泥濘的大地上。

這原本是當場枯腐消散也不足為奇的狀況。還能維持住大半，多半是女神的加護透過神殿擴展到森林所致。

劍兵勉強落在附近樹上，朝天空大叫：

「喂喂喂！神殿飄起來啦，槍兵！該不會那就是傳說中的巴比倫空中花園吧！」

恩奇都在空中縱橫飛竄，以金鍊壓制胡姆巴巴的手腳並且回答：

「差多了，這才沒有花園那麼優雅。尤其是鎮守這裡的女神。」

「這樣啊？那麼，附近不停冒出來的黑影又是什麼呢？地下也有一大片區域遭到某種東西塗改了……」

周圍「暗影」違逆重力朝天伸展，蠶食光明並追逐天上飛舞的女神。

「這是……幽谷的暗影。」

無名刺客喃喃自語似的說道。

她也在牽制狂戰士，以各種寶具的組合阻礙其行動。

「是至高尊者……以其命脈為媒介下誕生的冥府大門。」

「冥府？」

劍兵被無名刺客的話挑起興趣，但見到眼前狂戰士扯斷恩奇都的鎖鍊，便逕自做出結論舉劍備戰。

「我明白了，所以這個大塊頭使役者的角色就跟地獄三頭犬一樣吧！一次召喚就能連續消滅這麼多怪物，讓人好激動啊！」

「消滅怪物啊……感覺好懷念。」

聽了劍兵的話，跑在他身旁的槍兵感嘆道。

話中有些微的感傷——像是責怪自己的情緒。

「那片森林……本來沒有怪物存在呢。」

「……」

聽他這麼說，劍兵神速竄過狂戰士背後之後急劇煞停，轉身問道：

「我是不知道發生過什麼事啦……不過聽起來，那個使役者對你來說不是怪物吧？」

對話當中，劍兵著手準備寶具。

「對……她……他們，都是人類喔。」

劍兵對劍灌注魔力，恩奇都也調動魔力往四肢集中。

「她是告訴我生命應該是什麼樣子的恩人……我第一個朋友。」

像是說給自己聽，卻絕不帶一點迷惘。

見到恩奇都面對散布災厄之光的巨大怪物，卻說「她是人類，也是朋友」，劍兵瞬時理解其含意並舉劍備戰。

「這樣啊。那我還叫她怪物，真不好意思！我改口！」

劍兵勾起嘴角一笑，魔力的光輝更往劍身集中。

「先是那個金閃閃，現在又是她……你的朋友怎麼每個都這麼厲害，讓我好激動啊！」

話中沒有任何歉意，更沒有惡意。

「實在很有戰勝的價值！我和刺客會一起拖住她，『你就去做想做的事吧』！」

「！」

至今一連串動作下來，劍兵也明白槍兵的目的並不是打倒狂戰士。

而他說什麼也不會怪罪他。

畢竟劍兵自己現在這麼做也是隨心所欲的結果，認為槍兵也有隨心所欲的自由。

「真正的我……不應該來到這麼令人激動的地方，而是在煉獄之火中受罪才對，我生前也是這樣懺悔的。所以呢，無論這裡的我是冒牌貨還是複製品……都無所謂。重要的是現在，『我』站在這裡。」

這番話，和先前他因為綾香的事而對艾梅洛教室說的話很像。

曾經有場大戰，為了一個目的，聚集了許多立場不同的人。

狀況非常棘手，但劍兵還記得當時的激動。

對於現在這個顯現為劍兵的自己而言，剎那的衝動比什麼都更重要，是值得他搏命的一切。

在這個以英靈身分再臨人間，把握短暫時光揮灑熱血的時刻——每一瞬間的悸動，都是生前累積來的結果。

如果是召喚成騎兵等其他靈基，或許還可能偏向「王者」的思路。但現在是現界為騎士，日前還得到了目的，要向聖杯許願。

他一樣會保持同盟，也會合作，可是其他時候，他決定遵從自己的心。

這樣的他，不可能阻止盟友隨己願行動，也不會有這種想法。

「我們的時間不多，回英靈座以後記憶也會消除！可是『紀錄』仍會像書頁一樣，雖然模糊不清，但會永遠留下！」

劍光愈發強烈，將濕濡的大地照得晶亮。

狂戰士似乎也注意到了，應付無名刺客之餘將上半身轉向劍兵，背後光輪開始發亮。

「等到人和星都走到盡頭也沒關係。假如有一天，上天願意放真正的『我』離開煉獄，去讀這本『書』……」

劍兵擺出正面接招的架式，露出發自內心的笑容。

「那至少，我要先留下一行值得驕傲的事蹟吧？」

就在狂戰士的光輪將要擊出七彩災厄的瞬間——

「——『恆久遙遠的勝利之劍（Excalibur）』——！」

光輝執掌了森林，橫亙天空的黃金鎖鍊也與其共鳴般大放光芒。

雖然劍身承受不住威力而粉碎——仍換來斬斷狂戰士的擎天一斬，打散了災厄之光。

第一次在森林尋求同盟時，他曾用樹枝擊出勝利之劍。

當然，樹枝和正常的劍天差地遠。然而就算扣掉這點，在恩奇都眼裡仍是完整度截然不同的寶具。

對聖杯戰爭沒有目的意識的英靈尋得願望，與主人正式締結契約。

恩奇都不知道這個變化，但可以確定的是，劍兵在聖杯戰爭當中因為某個緣故而取回了原有的力量。

看著他的背影，恩奇都也帶著友善笑容說道：

「我欠你一次。原來，這就是所謂的『同盟』啊……」

恩奇都將有點偏差的知識寫入肉體，視線指向浮在天空的「魚叉」。

接著手伸向大地，劍兵周圍地面發出金光。

「！」

在訝異的劍兵左右出現的——是恩奇都以自身寶具「民之睿智」所造出的各種名劍與寶劍複製品。

「這只是一點心意。愛怎麼用都沒關係。」

每一把都是劍兵生前沒機會見到的寶貝——劍兵抓起一把取代已經粉碎的劍，毫不遲疑地灌注魔力。

「感謝……不愧是那個金閃閃的朋友，真夠豪氣。」

聽見劍兵這句像玩笑又像真心話的道謝，恩奇都(他/她)也難得露出可視為苦笑的表情，飛上空中。

重整架勢的狂戰士眼中，映入恩奇都的身影。

在受到瘋狂與令咒束縛的此刻，她全然無力思考緣由，直接伸出右手。

從前殺了自己的神之楔子。

可怕的兵器，可惡的敵人。

現在卻背對著她。

往覆滿金屬的手臂所指方向飛去的黃綠色人影中，閃過小小花冠的幻影——唯一認知到這個錯覺的一小撮靈魂，立刻被擠進無數憎恨與恐怖的深淵。

要給帶來死亡與破滅之人，更為深重的死亡與破滅。

簡單明瞭的報復之理，將瘋狂引導至同一個方向。

在所有一切都要被負面情緒吞噬之際——

光之斬擊再度淹沒了狂戰士的視野。

×　　×

感到背後劍兵的寶具放出閃光的同時，恩奇都躍入空中。

劍兵的寶具威力固然強大，但恩奇都的演算程序立刻跳出無法打倒胡姆巴巴的結果。

能感受到伊絲塔和胡姆巴巴之間有透過神殿連結，且強度高過主人與使役者。

如此，除非奪取神殿的控制權，或是伊絲塔的神性，否則恐怕無法破壞胡姆巴巴的靈基。

換個角度，現在的胡姆巴巴可說是比恩奇都和吉爾伽美什生前聯手時還要難纏。

——然而……

——要論恐懼感，說不定是那時候比較強。

若對方只是強大，吉爾伽美什才不會畏懼。

胡姆巴巴真正的可怕之處，在於體內諸神刻意創造的人心瘋狂——而在那之下，還有真正的人心。

在現今胡姆巴巴與神殿相繫，完全在伊絲塔的掌控下——人心被令咒掩蓋的狀態，吉爾伽美什或許就不會退卻了。

可是相對地，她現在多了神僕的身分，獲得遠超英靈格局的力量。

所以沒有遲疑的餘地。

現在的自己，等於是單純把劍兵當作拖延胡姆巴巴的工具。

也就是身為工具的自己，為自己的目的利用了他人。

有此認知的事實，使恩奇都靈基深處的齒輪發出異音。

但那股異音成不了停手的理由。

就連「這次」行動正確與否，目前都猶未可知。

或許這樣的奇蹟未來會反覆發生無數次，恩奇都將與吉爾和胡姆巴巴一再相遇，且始終無法實現願望。

也許是為了拯救朋友，或強加自以為是的拯救。

儘管如此，一旦決心去做，一旦決定把自己當成工具使用，就該奮戰到最後一刻。

——「你就去做想做的事吧！」

劍兵不久前說的話在耳際響起。

主人也希望他這麼做。

「你說得倒輕鬆。」

聽似牢騷，語氣卻愉快輕盈，恩奇都的記錄迴路顯現過去的景象。

那是早已作古的景象。烏魯克的街道等，於當代留下足跡的紀錄。

那時的自己又是如何呢？

是神不滅的工具，陪伴朋友的工具，還是獻身造福更多人——

抑或是純粹為了這樣的心願而活呢？

如今化為英靈，能以客觀角度省視生前，或許就能得出解答了。可是恩奇都認為這樣的運算沒有意義。

現在的自己，能做的就只有將雪松林外的最終景色，將曾經居身林中的自己最後來到的「現在」，說給「那個女孩」聽而已。

因為這個緣故，恩奇都必須再度破壞。

破壞胡姆巴巴賭命守護之物。

破壞為人類帶來加護與支配的女神之理。

為達到目的，恩奇都不會有任何保留。

哪怕燃盡自身靈基的一切，也要在這須臾的幻夢中全力奔馳。

這就是他為自己設定的「想做的事」。

「和吉爾相比，也顯得豪氣嗎……」

恩奇都想起劍兵先前說的另一句話，喃喃自語。

「啊，我懂了。」

並降落在伊絲塔扭曲大地而完全擒住的巨大魚叉上。

手伸向魚叉，同時——神造兵器將自身靈基與魚叉合而為一。

這次，一定要把名為女神的野獸關進籠子裡。

「或許就是我太浪費了……吉爾才會變得那麼節制呢。」

巨如大廈的魚叉重拾光輝——
扯散纏繞其上的大地，叉頭與柄分成十六股，撒網般擴散至森林上空。
個個都灌注了魔力的十六支魚叉迅如雷電，撕裂充滿神氣的大氣。

可是，一陣雄壯的咆嘯響徹世界，不允許這種事發生。

『————————————————————』

狂戰士察覺恩奇都魔力高漲，即使被劍兵的寶具從背後壓倒，也依然伸出左手。
左臂以無視物理法則的方式放大，要用膨脹到有如巨樹的手指捏碎所有分裂的魚叉，以及連接在後的無數鎖鍊。

然而——

無名刺客的寶具不許她插手。

狂戰士以萬物一觸即滅之勢暴伸的手臂，一碰到擋在眼前的無名刺客，就如煙似霧般消散。

不僅是狂戰士的左手。

刺客自己的身體也有如晨霧隨風而逝，一點也不剩。

「——」

兩秒後，狂戰士回神時，左手已經恢復伸出前的樣子，毫髮無傷的刺客跪在地上氣喘吁吁。

這個絕技是來自歷代哈山・薩瓦哈中，有暗殺技術僅次於初代之譽的「煙醉的哈山」。

他是擅長以特殊煙霧迷惑對象的殺手，真正的力量是迷醉自己、對象，甚至世界，除卻所有「界限」，使自己真如煙霧一般散布於世界，在開戰瞬間便使對方一切攻擊歸於虛無。

據說他最後是因為保護人民而解除術式，慷慨赴義。無名刺客即是因為這段故事，開始崇拜所謂的山翁。

然而無名刺客也無法完全模仿這項絕技，傳說本尊可將自身化為霧氣七天七夜，而她用了那麼龐大的魔力，也只能重現數秒而已。

儘管如此，她的行動確實改變了戰況——說是決定勝敗的要素之一也不為過。

因為這一瞬間的交錯，導致恩奇都擊出的「魚叉」分裂纏上神殿——將史諾菲爾德的城市與神殿，「以神代鎖鍊」緊緊聯繫在一起。

×　　×

數十秒前　史諾菲爾德西部　上空

「！」

伊絲塔感到腳下有光逼近，調轉馬安納。

驚險避開來自地面的寶具斬擊後，伊絲塔望著發出這一擊的劍兵皺起眉頭。

「那個劍兵……不過是星之聖劍的『次級品』，也用太多次寶具了吧？」

即使無法造成致命傷，卻仍能有效壓制胡姆巴巴。將這等寶具無盡連發的劍兵，讓魔力量誇張到引以為傲的女神都開始覺得奇怪。

「這個『容器』找來的那個名叫綾香的女孩子……說不定比想像得還要棘手——」

說到一半，伊絲塔再度轉身揮出戰錘。

光輝迸散，掃除大片「暗影」。

七頭戰錘希塔捲起的衝擊波威力巨大無比，假如是對人類社會擊出，光是一次揮舞就能對都市造成致命破壞。

暗影仍繼續侵蝕光明且不停擴散，以黑夜般的黑暗覆蓋天空，試圖圍繞伊絲塔。

但哪怕在這樣的情況下，伊絲塔女神的威光仍絲毫不減。

「……晦冥的擺渡人啊，我早就看透你的企圖了。」

女神挺立於馬安納之上，以壓倒性神性一面排斥周圍所有暗影一面開口：

「你的整個靈基，都跟『死亡』概念同化了。」

受到魅惑的周圍大氣化為透明巨手，阻擋逼來的暗影。

「一旦靈基崩潰，靈魂就會流入我的體內，讓我自動與『死亡』同化……」

右手舉起希塔輕輕一揮，大氣之臂便發出陽光般的輝耀，使受其抵擋的暗影從世上消滅。

「也就是把自己化為晚鐘，以同歸於盡的方式將對手拖進冥界。根本是最不適合聖杯戰爭的寶具嘛。」

雖是俯視，卻沒有嘲笑的神色。

純粹是態度高高在上地承認了一件事。

一旦對方得逞，自己也無法全身而退。

蘇美神祇並非不死之身。

相反地，伊絲塔還與冥界淵源匪淺，是個有過數次「死亡」經歷的神。

最知名的便是伊絲塔「下冥界」的故事。

她的姊姊埃列什基伽勒，掌管與天空互為表裡的冥界。有次她們起了衝突，伊絲塔進入地獄卻遭到姊神殺害——類似這樣的傳說在中亞各地到處可見。

因此伊絲塔顯現之後，埃列什基伽勒也有顯現的可能，使她無法忽視自己的「死」。

若神力能完全顯現——或是昇華到足以看見星之表層塗改完畢，能夠做好萬全準備以反擊蓋亞抑制力的程度以後，或許就能藉自冥界歸還的傳說，對「死亡」做出一定程度的否定。至於否定「死亡」是否能反抗蓋亞的抑制力，就完全是另一回事了。

但是，現在的她不過是女神遺留於世，寄宿於小聖杯中的「殘響」，頂多重現其權能，不至於得到不死之身。

若是處於連死亡概念都沒有的狀態，恐怕就要守望幽谷的初代「山翁」親自出馬了。

伊絲塔很明白，既然自己還沒達到那種領域，就算能藉權能盡可能遠離「死亡」，一旦「死亡」概念灌輸進來，後果一定非常嚴重。

「事到如今，我就不問你動機了。以人道刻下的覺悟，我也給予祝福。」

一身莊嚴氣息的伊絲塔睥睨著所有「暗影」。

不僅是圍繞她的那些。

伊絲塔高舉戰錘希塔，彷彿要對此星所有「暗影」降示神旨一般，讓聲音響遍世界表層。

「我就先把對女神拉弓的蠻橫後果，刻劃於此星之上吧。」

女神凝聚周圍濃密的神性，對廣布四周的無數暗影宣告：

「我以此身、此名宣示，要你嘗嘗讓我將此地視為……第二座耶比夫的後果。」

從前，女神伊絲塔曾破壞耶比夫山，消滅了那座山的神性。

並於其上建設神殿，改寫成自己的土地——

如今，她要在現世重現神蹟。

遭伊絲塔魅惑而壓縮的「世界」，正迅速聚於一點。

彷彿要在這一刻，將天空定義於這一點。

地球的天空就此往女神伊絲塔高舉的希塔集中。

所有雷雲往西方的公牛凝聚，蒼穹的光輝向伊絲塔俯首。

伊絲塔不斷放大自己天空女主人的光輝，照亮星之表層，要昭示目前顯現於人間的「神」只有她一個。

「既然此地的『暗影』要否定我的存在——」

且要將乍現為金星的光輝砸向地面，照耀並祓除滿載死亡、覆蓋史諾菲爾德的冥界之影。

「看我把你跟耶比夫山一樣轟個粉碎！」

那是將要破壞、淨化一切，只留神殿的一擊。

有波及哈露莉和狂戰士之虞。不知是單純忘了她們，還是認為離開神殿之加護就不如自生自滅。沒人能看透女神的心思——

還不用等聖杯戰爭的幕後黑手完成「極光殞落」，史諾菲爾德從地圖上消失的事就先由女神伊絲塔的意向敲定了。

「賈貝・哈姆林——」

天空的輝耀降臨地面，審判之刻即將來臨。

但「暗影」仍不退縮。

沒有任何慌亂。

幽弋的哈山所產生的「暗影」，不是用來爭取時間，也不是掩蔽視聽。

至少到這一刻為止都不是。

不過這瞬間——「暗影」遮蔽女神的神眼，不讓她看見地面的情況，導致其錯失了那個比什麼都更重要的時刻。

恩奇都的魚叉刺進神殿，將瀰漫森林的神代空氣，以及聳立於城市中心的大廈樓頂聯繫起來的瞬間。

×　　×

新伊絲塔神殿最頂部

時光稍微倒退，回到伊絲塔剛開始為了造出金星，而在天上凝聚光輝那時——

騎兵等人感到龐大魔力渦漩，而來到神殿頂端查看情況。

伊絲塔應是飄浮在遠高於這座懸空神殿的位置，只是聚於天空的「暗影」正好呈傘狀張開，看不見女神伊絲塔。

可是騎兵等人仍能感覺暗影外側──世界的天空，因魔力的急劇累積而開始扭曲，理解終局即將到來。

「情況不妙。要是她把那些魔力砸下來，這整個地方都要炸掉了！」

騎兵出聲警告，並顯現愛馬。

「現在迎擊恐怕有困難，但我會儘量去做！主人！立刻採取防禦措施！只有轉移魔術才來得及撤退了！」

騎兵朝天的呼喊，透過念話傳給了森林周遭所有主人──艾梅洛教室的相關人員。

隨後，偉納・西查穆德代表全班以念話答覆：

『事情都了解了。狀況是有點糟，我們會盡力而為。騎兵自由行動即可。』

「……可以嗎？」

偉納答得這麼乾脆，讓騎兵有些疑惑，隨後念話傳來夾雜苦笑的意識。

『可以。我正好也完成了一項光榮無比的【偉業】。』

「？」

『說也奇怪。在這種時候，各自行動反而最有效率。而且……』

偉納似乎已發動魔術，念話逐漸發生波動。

可是偉納仍順從放棄與信賴參半的意識，把話說完。

『畢竟現在，最會「亂來」的兩個人都在妳那邊。』

「——Anfang（宣告）.」

騎兵隨這個聲音回頭，只見凜已開始詠唱。

在周圍布下寶石，提升自身魔力。

「Brennender Himmel（心懷熾天）——Ich kenne den Kreis, Die Blumen beschützen mich（此為花環之護）, Der…………」

露維雅也從詠唱內容發覺她想做什麼，於是手握寶石施展術式——卻又臨時中斷，回身擊出咒彈。

咒彈高速飛馳——

突然被結界擋下。

琉璃色毒蜂呈三角形排列，中間產生的屏障攔阻了能夠擊穿水泥牆的咒彈。

「不准妳們……再繼續玷汙神殿！」

狂戰士的主人身為伊絲塔的巫女，散布琉璃色蜂群要包圍騎兵等人。

露維雅為排除術者開始行動，騎兵也保護著凜並發動寶具。

在那前一瞬，凜的吟誦也幾乎完成——

而在那一瞬之前，「恩奇都的『魚叉』到達了神殿」。

「Aias der Tera（奉埃阿斯之名）……咦！」

就在結束最後一節的剎那，龐大的「世界」流入凜的體內。

有種剎那已是永恆的感覺。

在一般情況下發瘋也不奇怪的「力量」源源不絕地湧進遠坂凜的身體，而那股力量也溫柔地保護著她，毫不傷及其靈魂與血肉，在體內循環起來。

這一刻──凜在清醒之中見到了夢境。

見到與冥界互為表裡的蒼穹被塗改得宛如夜空，周圍變成地底深淵的景象。所有景物彷彿全部反轉，飄浮於高空的「暗影」變成帶有溫暖的蒼白光芒。

「啊？喂，這是怎樣？」

與此同時，累積於體內與周圍寶石的魔術構造遭到強制改造。

若是平時的凜，說什麼都會反抗──但不可思議地，這時的她即使不知所措，也甘願接受了這場改造。

明明是第一次使出這種魔力，行使這種魔力的「力量」，也就是現在操縱凜的身體與魔術迴路的某個人物，卻熟知她的一切般行雲流水地運轉著魔力。

彷彿已在從前……或者是未來，重複過無數次。

不過，凜不抵抗的原因不僅於此。

魔術天分極高的她，在魔術迴路遭到接管的狀況下也立刻明白──

接下來要放出的術式，遠比自己原想造出的「盾」強大且有效。

接著──魔術解放了。

騎兵、露維雅，以及操縱毒蜂的巫女都看見了「那個」。

遠坂凜的頭髮在短短幾秒鐘期間變成金色，雙眸紅光閃耀。

但是更令眾人吃驚的是凜擊出的術式。

在露維雅眼中，凜的吟誦所造之物，儼然是張開七片巨大花瓣，抵擋萬象的埃阿斯之盾。

然而也只有七片巨大花瓣相同。這次花瓣染上暗沉的土色，帶著燃燒於周圍的蒼白火焰向天高升。

與其說那是花瓣——

更像是一整片大地為抑制天空而升起。

×　×

上空

「八荒跪拜天空之錘（Jabal Hamrin Breaker）！」

女神伊絲塔道出自己即將降下的天譴——

仿製的金星光輝，化為帶來破壞與末日的能量落向大地。

但是就在這個瞬間——

女神眼下的暗影忽然全部消散。

「？」

不，應該說看起來像消散，實際上是被由下隆起的「世界」吸收了。

吸收進朝她逼近的花瓣形大地裡。

「什……！」

自從憑附於菲莉雅這個容器以來，伊絲塔是第一次露出如此疑惑的表情。

可是她的神眼立刻掌握、理解了現況，並瞇得又尖又細。

「原來是這樣……那個爛東西……竟敢來這套。」

從很久之前，她就感覺到「冥界」的存在。

以及城裡有掌管冥界的使役者。

力量僅止於使役者水準，該冥界的相位也和與她相關的冥界並不重疊，不足以與傳說結合而造成她的死亡，所以從未放在眼裡。

不過，狀況在數秒之間澈底顛覆——

連接城中冥界，也就是吉爾伽美什遺體所在的大樓，與這片起源於美索不達米亞的神域，被同一時期的神性所造出的「天之鎖鍊」聯繫起來了。

她身為神的殘渣顯現在這個世界上，表示與她互為表裡的另一個神也可能已經顯現於某處。

儘管如此，伊絲塔仍十分肯定自己完全掌控菲莉雅這個容器時，「另一個女神」不會顯現。

然而這個前提，卻在這時反轉了。

「那個黑髮魔術師……我就知道她有問題，原來是在某個世界跟那個陰沉的女神扯上關係了啊……！」

伊絲塔憤恨不甘地咒罵，改往從大地逼來的「冥界」轟出從前粉碎耶比夫山的力道。

天空與冥界就此對撞。

光影噴湧，衝擊波橫掃史諾菲爾德的天空。

光輝與暗影滿天奔竄，末日般的景象在神殿上方不停擴散。

「不管怎樣，這裡都是我的地盤！不是冥界！埃列什基伽勒！」

女神伊絲塔叫出相當於自身反面的神性之名，要傾其權能強壓不斷隆起的冥界。

從星之天空凝聚更強大的魔力，要造出彷彿會將這個世界的天空就此全部奪去的「光明」。

「在這個蒼穹之中，妳的權能對我不可能——」

話還沒說完，女神伊絲塔赫然轉頭。

有東西正朝她逼近。

能夠殺死她這個神的東西。

然而為時已晚。

來自東方地面的某物，以無法躲避的速度飛來。

沒時間操縱馬安納，胡亂行動又必定遭底下的「冥界」捏碎。

儘管如此，女神伊絲塔仍選擇用所有神性來抵擋「那東西」。

右手握持戰錘希塔的她，用空著的左手往東方全力行使權能，要將「那東西」擋下——

但「那東西」居然摧毀了所有權能，以甩開聲音的速度，鑽過以此處為中心擴散的光影衝擊波，一直線劃過長空。

那是——一支箭。

不是先前復仇者射出的魔箭，就只是構造單純的鐵塊。

可是，伊絲塔的神眼見到了。

那小小的箭矢，塞滿了能使女神伊絲塔跌落天空的概念。

說是專為射下天上的「神」而生的箭矢也不為過。

——為何會有這種東西？

——我沒見過，就連烏魯克時代也沒有——

強烈的疑惑搶在恐懼與憤怒之前急劇湧上，使她不禁想賭上自己的全部破壞這支箭。

不過一切都太遲了——箭無聲無息地命中女神的左手。

刺進掌心，直接劃開逐漸成為神之「容器」的左臂穿入天空，最後失去力量墜落地面。

雖然驚險避開了要害，結果卻沒有改變。

「……」

碎裂的左手與「冥界」之影融合，形如迦魯拉靈的「暗影」——死亡的概念趁虛而入。

女神伊絲塔在明白自己的靈魂與死亡融合，逐漸被拖入底下冥界的狀況下，仍向那大片暗影說道：

「……這一切，你究竟料中多少呢，晦冥的擺渡人（刺客）。」

暗影也逐漸崩毀，已經感覺不到自我之類的意識。

他的靈基也真的到達極限了吧。然而與「死亡」融合的靈魂，最後一樣會流向身為這小聖杯容器的自我，不具意義。

儘管一直用權能抵抗到最後——權能的保護仍被「箭矢」射穿，再也阻止不了死亡的侵入。

「對你來說，我並不是『神』吧，但這仍是……值得驕傲的功績。」

逞強似的微笑後，女神伊絲塔的身體開始墜落。

「你……的確在這片蒼穹敲響了鐘。」

女神躺在墜落的神殿上，神眼往東望去，尋找另一個身影。

接著，終於找到了他。

找到了擊碎其權能，為射下「神」而放箭之人。

那是埋伏在史諾菲爾德警察局屋頂上舉著弩弓——

長相稚氣未脫的魔術使傭兵。

非間章

「窪映蒼穹而吞之」

警察局　樓頂

射出弩箭的西格瑪，情緒出奇地平靜。

在一旦射偏就完蛋的狀況下，有股莫名的自信告訴他一定會射中。

不是相信自己的準頭那麼簡單。

是因為他相信，這把弩弓單純為了射下一個神——女神伊絲塔而存在。

「老實說……我沒想到會這麼有效。」

坐在一邊的高大獵人「影子」對冷靜低語的西格瑪說：

「弒神之弩啊。這讓我現在情緒很複雜，不過怎麼說呢，有時候世上就是會生出這種東西。

因為有因果存在，所以絕對會中，根本是作弊嘛。」

見到平時吊兒郎當的獵人影子難得嚴肅後，西格瑪默默回想。

回想發生在不久前，箭矢誕生的過程。

×　　×

數十分鐘前　警察局內

「我聽說過很多你的事喔？打得挺轟轟烈烈的嘛？」

大仲馬出現在西格瑪面前，沒有一點戒心。

他不是說大話，是真的都知道吧。

從西格瑪的使役者沒有任何攻擊能力，到西格瑪並沒有和警察局長他們敵對都知道。

這樣的大文豪，盯著西格瑪交出的「弩弓」說道：

「喔，感覺得出這上面附了很不得了的東西喔，幸好我勉強還改寫得了。不過呢，如果強到改不了，我什麼都不做也一樣能射中女神啦。」

這把弩弓是繰丘椿的父母為召喚英靈而準備的觸媒。

「話說回來，若要射下女神，就算是我恐怕也做不太來。需要一點這方面專家的建議。」

聽了大仲馬聳肩這麼說，局長回答：

「我知道這是無理的要求。如果有需要，可以用令咒提升魔力。」

「那是當然，這一劃肯定要使用，但我要的幫助可不只是這樣喔？畢竟我可是要把這項寶具提升到自己都駕馭不了的程度。」

「我對怎麼處理古物知道的並不多啊。」

「別擔心，不是要你的建議啦，兄弟。我已經聯絡上專家了。」

大仲馬從懷中掏出一支手機。

那是局長沒見過的機種，藍色機殼相當醒目。

「嗯？那是什麼東西？」

「祕密武器啊，兄弟。其實，我也是不久前才拿到的啦。」

術士說得悠悠哉哉，將手機擺在弩弓旁邊，對它說道：

「所以呢，老師，剛才那些都聽見了嗎？」

行動電話接著發出聲音。

『聽得很清楚。音質跟佩利戈爾的最新機種有得比。』

「等等，術士。這支手機怎麼還能用？」

現在一切通訊都遭到阻斷，表示那是魔術性質的通訊——可是那支藍色手機的魔力似乎受到極為巧妙的隱蔽，局長怎麼看都只是普通的藍色手機。

「這支是特製的嘛。」

如此說道的術士對手機另一邊的人發問：

「怎麼樣啊，老師。有什麼靈感嘛？」

『……您這樣的大文豪向我徵求靈感，實在是不敢當……但現在也沒時間客氣了吧。』

「這個聲音……難道是艾梅洛閣下？」

『之前也說過了，請加「二世」，謝謝。』

日前與費拉特結盟時，也與這位鐘塔君主聯絡過。

會是在那時候搭上線的嗎？

局長很想立刻向術士問個明白，然而他認為現在不是做那種事的時候，便對手機鄭重道歉。

「二世閣下請恕罪。我也拜託您，請您務必幫這個忙。」

於是，大仲馬就這麼在艾梅洛二世的建議下開始趕工。

『……首先，繰丘夫婦所準備的秦始皇的弩弓是否為真品，是個重要的大前提……綜合術士您的分析，與西格瑪閣下的情報來看，視為真品應該沒問題。』

大仲馬聽著二世的聲音，坐在辦公桌前振筆疾書。

桌邊擺了個老式的大煮鍋，房中瀰漫著詭異的氣氛。

術士將弩弓放進寶具顯現的煮鍋，再將他剛才寫的「原稿」也扔進去，那個畫面實在是怪異得不得了。

一般是用手摸摸就能改寫，這種威力巨大的東西，就要像這樣按部就班了。

『如果那個神靈，是蘇美文化中的伊絲塔本人，或是有這類性質的人物，那掌管的領域就是天空。更進一步地說，如果和之前抓走我學生的那個固有結界相近的世界……也就是所謂冥界的要素還留在這個城市，埃列什基伽勒的冥界很可能也顯現出來了。不過這純粹是一廂情願的想法，在這次改寫並不可靠就是了。』

「所以該怎麼辦才好呢，老師？」

對於這位笑嘻嘻地老師長老師短的大文豪，電話另一頭的魔術講師板著臉孔斷言道：

『要利用呼應。』

「呼應？」

「這把秦始皇的弩弓，據說曾經射殺妨礙徐福尋找長生不老藥的海神——一條大海所化身的大鯊魚。西格瑪閣下見過的紅色美女，很可能是在那個冥界顯現的海神殘渣。」

二世說到這裡，開始以平淡語氣——談起弒神之術。

『大海的藍，是反映天空而來。以此為起點去改寫，十足有可能創造出仿製的「墮神」。』

以大前提而言就已經「可能」，使局長和西格瑪都很訝異，大仲馬又笑嘻嘻地動筆寫稿。

『這也要這位英靈所說的能夠改寫寶具的誇張能力屬實才行……不過我並不懷疑。畢竟從神的殘響叫出天之公牛的那一刻起，事情就比惡質玩笑還糟糕了。』

「這樣喔？」

大仲馬一面回應一面繼續往下寫，二世卻在這時喊停。

『等等。中國神話和蘇美神話完全是不同體系，改寫起來會有問題。如果要硬改，就得經過「轉譯」。「偉納在你們那邊吧」，要配合他的蝶魔術，做個讓那把弩弓重生的儀式……以蘇美神話來說，起源於此的射手座象徵和神話有很多變種——這時候最好是挑帕比薩格或凱隆，然後利用據說是人馬傳說起源之一的騎馬民族術式——對了，也把后羿射日的傳說用進去吧。』

泉湧般的知識讓西格瑪聽得目瞪口呆，自嘆在知識量上說什麼也比不過鐘塔的魔術師。

二世說得滔滔不絕，有時是純粹的知識，有時完全是自顧自地絮叨，在有限的時間內盡可能向巴黎的大文豪提供「資料」。

『在人類歷史中，金星是最貼近人，也因此最為人樂道的璀璨明星。被視為惡魔的路西法，和後來被當成惡魔的那個女神也是同樣道理。所以若採用藉皇帝威儀鎮邪的形式，應該能接通最低限的脈絡。可惡啊，都是「那傢伙」害得這種神話在東西方交流起來了。像這種時候，用希臘化時代的形式應該會很順手。如果是偉納或史賓，聽到這裡應該都懂了……費拉特的話，只會靠直覺去做吧……所以到現在都畢不了業……』

之後二世也繼續「講授」各種要素，大仲馬以此為本不停寫個不停。

大仲馬不管聽到什麼，都能立刻著手改寫傳說這點固然教人驚嘆，可是讓西格瑪真正警戒的，卻是吞吞吐吐的艾梅洛二世。

他聽過二世的傳聞。

若將才華洋溢的學生比作大海，那他的魔力量不過是個小水窪。

另一方面，他又有掠奪公之稱，令人聞之色變。

如今，西格瑪深切體會傳聞的來由。

因為此時此刻，那個「水窪」確實映現了藍天，要將天與水窪熔接成一整片的汪洋。

說得有如正鳥瞰這一切，可是這名喚艾梅洛二世的男子根本不在這座城市，甚至不在美國。

在這樣的情況下，依然像是親身面對那神祕……且以魔術師之軀針對「弒神」冷靜地侃侃而談，感覺高深莫測。

「……為什麼要這麼認真地幫助我們？對鐘塔有什麼好處？」

對這西格瑪脫口而出的問題，二世回答：

『為了隱匿神祕，為了拯救世界。就算我不是英雄，現在這個案例也足夠讓魔術師採取行動了吧……不過呢，這的確沒有犧牲奉獻那麼崇高就是了。』

「所以是為什麼？」

『如果過去的都是畢業生，那這場敢死之行就是他們的選擇。我沒有權利阻止，也沒必要幫忙。因為當初就是認為他們能夠選擇自己的路，並懂得為後果負責，才會頒發畢業證書。』

以隔著電話也聽得出頭痛或胃痛的聲音這麼說之後，二世仍對西格瑪真誠地回答：

『可是，這次有幾個在學的學生……他們把人生的路暫時交給我。因此身為執教者，不能坐視不管。』

「……就因為這樣？」

在某些情況下，這個案例甚至會害鐘塔臉上無光。

對西格瑪這個問題，二世用極其疲憊的口吻——

卻又不帶一絲拖沓或遲疑地斷言道：

『這件事比什麼都重要。』

『就算是天大的問題兒童，也是我自願接收的學生。』

幾乎就在二世話說完的同時，大仲馬藉其他手段請偉納．西查穆德用蝶魔術「改寫」的弩弓也完成了。

「有個詞叫做安樂椅偵探，用來形容不在現場，也能透過他人轉述來解決案件的人……」

大仲馬將昇華為「寶具」、「具有射下天空女主人概念」，與因果逆轉的弩弓拿在手上，對手機另一頭的人發出由衷讚賞。

「而你更厲害啊，老師。」

「人不在現場，就能成就墮神之業。」

×　×

神殿頂部

「伊絲塔女神！啊啊，怎麼會、怎麼會……！」

浮在空中的伊絲塔神殿劇烈震動，往地面緩速墜落。

倒在神殿頂端的菲莉雅，身體已失去大半神性，控制著神殿與大地的「魅惑」也失效了。

騎兵等人感到危險，都已經撤離神殿，只有哈露莉留下來抱著菲莉雅痛哭失聲。

「伊絲塔女神，不要這樣！啊啊、啊啊，要是我、我可以再……」

「……少自大了。」

殘留在菲莉雅體內的女神伊絲塔，以右手手指撥去信徒的淚水，自若地微笑。

「無論妳這個人類再怎麼抵抗，也不會對神的天命，我的生死造成影響。」

「伊絲塔女神……」

「真是個傻孩子……明明一直怕得跟什麼一樣，還是硬要跟著我……」

這位少女魔術師只陪伴伊絲塔沒幾天，就因為她一時高興而獲得了祭司長的加護。

她不是個卓越的人，也不是特別高強的魔術師，所以，伊絲塔才將這個少女當成時下人類平心看待。

「在最後……我要再下一道神旨。」

伊絲塔摸著哈露莉的臉頰說：

「把胡姆巴巴……照顧好。」

道出狂戰士真名的聲音，充滿了慈愛。

「那孩子……別看她那樣，她很需要人陪的。」

說完這句話，伊絲塔使用最後的魔力啟動馬安納。

並將哈露莉推進天舟，強迫她單獨飛出神殿。

「伊絲塔女神……！不要，我什麼都還沒報答啊……！」

「妳還沒富裕到有能力報答我吧？」

話說得冷漠，臉上卻帶著安撫對方的微笑，最後女神拋出像是玩笑又像認真的話，目送巫女與方舟離開。

「要是妳活下來，賺了大錢……要到我的神殿供奉很多很多的青金岩喔？」

此後，寂靜到來。

風伴隨遠雷從西方吹來，可是對五感逐漸麻木的伊絲塔來說，感覺就像發生在另一個世界。

說不定，她已經有一隻腳踏進冥界的牢籠了。

「……真不像妳呢。」

打破寂靜的，是綠髮飄搖的不共戴天之敵。

「居然那麼照顧一個人類。」

成千上百個咒罵湧上心頭，不過——

「那孩子可是我主動任命為祭司長的喔？」

女神選擇輕聲反駁。

「我是人類的守護者。因為我的一時興起而毀滅她也無所謂……但是可不允許自己粗心大意害死她。」

「……」

恩奇都聽著逐漸從這個世界消失的神之殘渣說話，稍微別開眼睛說道：

「妳真的是一個極其傲慢，又莫名其妙的神。」

「要是否定這點……我就不再是我自己了。」

伊絲塔的靈魂想著仍在神殿前奮戰的胡姆巴巴，以及上古時代為她獻身的諸位神官。

「在從前的烏魯克……不。」

她往哈露莉飛走的方向瞥了一眼，仍舊以桀驁不遜——卻又因此無比迷人的笑容斷言：

「不然那對朝拜我的眾多子民，還有對過去的我都是極大的汙辱喔。」

「……」

「最後射下我的……只是個人類。」

女神回想著對她造成致命傷，像是傭兵的青年說道：

「不是你，也不是埃列什基迦勒……是人類射下我，否定了神的時代。」

「為什麼……妳能說得那麼高興呢？」

「不只是我……人類也不需要你和吉爾伽美什了……他們證明了這個以自己雙腳走出來的時代……雖然令人不捨……但我更為他們高興……」

逐漸逝往冥界的女神殘渣——除了笑，還是笑。

「像你這樣的爛東西……是不會明白的……吧……」

那是至今最高傲、最尊貴——

連兵器都會為之心動的，最美的微笑。

神殿落至地面，緊密固定的石塊脫落、潰散。

崩塌得不留一點原形的神殿，代表人間失去了一尊女神。

×　×

警察局　樓頂

西格瑪在樓頂回想與二世的對話，望著西方天空說：

「從艾梅洛二世的話裡感覺不到任何一點欺瞞。鐘塔的君主真的都是不得了的大人物啊。」

「嗯……我想，這不是因為他是君主喔？如果你說因為他是老師，我就能認同。雖然他應該沒凱隆老師那麼斯巴達，在心態上倒是挺像的。」

蛇杖少年緬懷起往日時光似的說完，往西方天空仰首。

「好了，儘管女神已經落地，到冥界旅行去了……接下來才是真正的考驗呢。」

西格瑪的視線也被他引向西方。

「雖然直接賜死的是刺客……啊，不是那個女生的哈山．薩瓦哈造成的，可是你也成功演出了射下女神的大角色，總算是踏上聖杯戰爭的舞台。你知道這代表什麼嗎？」

法蘭契絲卡和法迪烏斯肯定都觀察到了這個狀況。

說什麼都撇不了關係。

再說，他也從影子提供的情報，知道這座城市因為巴茲迪洛那邊的計畫而面臨毀滅。

再加上待會兒局長想必會來找他問警局「內鬼」的事，問題堆積如山。

西格瑪懷著平靜但堅決的決心抬起頭。

「……這個嘛。」

——刺客她……目前還沒事吧。

——依然貫徹著自己的信仰吧。

——那麼，我也……

西格瑪望著依然在西方天空渦漩的「巨大雷霆」，稍稍揚起嘴角，半開玩笑似的說：

「睡眠不足的日子，恐怕還要再持續幾天了。」

接續章
「某日，雷鳴之中」

幾小時後　史諾菲爾德某處

「你們……都回去。」

浮在空中的異形少年對站在地面上的魔術師們如此要求。

「那怎麼可以，『你』懂吧？」

聽史賓這麼說，空中的少年——提亞．厄斯克德司回答：

「『我』已經不存在於任何地方。如果有挽回的辦法，我早就做了。」

他將壓倒性魔力化為身邊公轉的「衛星」，要拋開眼下那群魔術師——艾梅洛教室的眾人般說道：

「你們沒必要為了這座城市陪葬。」

他接著望向——彷彿要蓋滿整片天空的雷雲。

幾小時前，那還是天之公牛——盤據於城西的颱風。

那般力量與破壞的化身，以滅城災厄之姿顯現的大量積雨雲，如今幻化成另一種東西。

「……我也很驚訝，原來不只是『我』的使役者……開膛手傑克的寶具。不，應該說『我』一直以為他只能奪取使役者的寶具……」

凡是能追溯魔力流的人，都一眼便知。

全長數百公里的颱風，如今已縮小成僅有幾公里的積雨雲。

可是，那並不是因為伊絲塔墮入冥界而衰弱。

而是整個颱風的能量都凝聚於一處——更正確地說，是凝聚於立在其中心的一騎使役者。

紫電鋪天蓋地，沒有片刻停頓。擺明光是到了那附近，都會被雷雨當場電死。

「沒想到，他竟然能直接竄奪神獸的概念核。」

提亞望著其中心的使役者——復仇者阿爾喀德斯，輕聲問道：

「難道說，你們……還想設法處理那東西？」

「那當然。」

如此果斷回答並走上前來的，是希波呂忒。

「那是……我的敵人。阻止他就是我留在人間的理由。」

「……」

提亞默默注視希波呂忒。

她靈基的質，比幾小時前提升了不少。

想必是精心提煉了三十名主人份的魔力，杜絕排斥反應的結果。

然而那恐怕仍不足以戰勝連雷霆都奪占的魔人。

「是想同歸於盡嗎？還是……」

接著，提亞的視線轉往另一處。

在艾梅洛教室的魔術師們保護下橫倒在地，失去神性氣息的小聖杯——菲莉雅的軀體。

然後是蹲在一旁乾著急的另一個少女——沙條綾香。

「你們真的……認為她是人類這邊的嗎？」

「都不覺得奇怪嗎？她一次供應兩個英靈的魔力，還能讓他們寶具連發……像這樣魔力源源不絕的傢伙，會是正常人嗎？」

×　　×

萊涅絲・艾梅洛・亞奇索特如是說：

「『那個』是有形財產之中最大的損失……就連君主想要也不是那麼容易。畢竟在月靈髓液完成之前，『那個』一直都是艾梅洛的『至高禮裝』。」

「前任」艾梅洛閣下——肯尼斯・艾梅洛・亞奇伯。

曾經的鐘塔君主，數年前喪命於冬木。同為其家族一員的少女淡然說道：

「沒錯……前任當家在冬木之戰失去『那個』，在五個致命損失中尤其嚴重。」

她像是在試探對方反應，抑或是樂在其中地描述著「那個」。

「那每一座都能連續幾個星期產生足夠將整個建築物化為異界的魔力……且三座串連起來引起的相互作用，還能使魔力的自然恢復力翻上好幾倍。原形是幾百年前艾梅洛家發掘出的最高級幻想，經過不斷的改造，如今總算堪稱完美，無論怎麼汲取都取之不盡的魔力爐的完全形態……雖然特性上並不獨特，但光憑輸出量就能高居頂點。這點讓它在重視萬能的艾梅洛家大放異彩，可說是『簡單就是最好』的極致表現。或許是這個緣故吧，現在的至高禮裝反而非常獨特。」

明明話題是失去寶貴財產，少女卻說得像是一件好玩的事。

站在她身旁的水銀侍女，正是艾梅洛家現在的「至高禮裝」——即象徵鐘塔十二君主權威的魔術禮裝。

「前任當家認為，『只有魔力高的東西欠缺美感』，而在此理念下誕生的新禮裝，就是這個托利姆瑪鎢……『月靈髓液（Volumen Hydrargyrum）』。」

換言之，她所說的「那個」，能與擁有自我意識，且能擬態為人形的高性能水銀生命體這般荒唐之物相媲美。

「不過呢，兄長以方便我使用的名目而為她設定自我這點，對前任當家來說是個扣分的行為吧。」

說到這裡，萊涅絲勾起嘴角，將話題拉回「過去的至高禮裝」。

「……靈墓阿爾比恩的事你應該也知道吧？就是那隻追尋最後的幻想地而潛入地底，卻在途中力竭而亡，變成巨大地下迷宮的最後一頭龍。後來全盛期的艾梅洛家動用一切力量，把幾種從那個地下迷宮挖出的幻想占為己有，這些幻想就是魔力爐的原料了……老實說，前任當家或許就是鬼迷心竅，精神不太正常，才會為了一場遠東的魔術儀式就把那種東西帶出國。」

萊涅絲譏諷著親戚並端起紅茶，更顯愉悅地說道：

「更糟的是……那又在異界化的工坊……也就是冬木那間飯店倒塌的慘劇中，被趁亂偷走。我們鎖定的賊現在又是一具屍體，線索完全斷了。」

她稍停片刻，向對方問道：

「如果你有在蒐集冬木聖杯戰爭的相關消息，那應該有聽說過吧？」

「玄木坂蟬菜公寓的魔術師夫婦慘死命案。」

萊涅絲啜飲一口紅茶，面泛嗜虐的微笑說：

「儘管比不上聖杯……我相信有些魔術師不惜發動戰爭也想得到它。」

彷彿迫不及待想見到世上某處，有傻子為了「那個」爭得你死我活。

抑或是相信此時此刻，已經正在某處發生。

「那『三座魔力爐』──」

× ×

「她……遲早會成為人類的敵人。和我一樣。」

提亞指著跪地垂首的綾香如此斷言。

然而反駁他的，無非就是站在綾香前的劍兵。

「喂喂喂，烏鴉嘴容易惹人嫌喔？聖日耳曼那傢伙的預言雖然中了很多次，還是一樣被人當成瘟神一樣呢！」

「劍兵啊……」

「再說，要是綾香哪天會與人類為敵，我也不排斥陪她一戰。但我也要來個預言──到時候先動手的肯定不是綾香。怎麼樣？」

劍兵說得像是在開玩笑，可是他早已聚起魔力，做好隨時對在天上的提亞擊出寶具的準備。

「主人……綾香不會是人類的敵人。我要在此聲明，要也是人類與綾香為敵才——」

這時，沮喪的綾香卻抓住了劍兵的手。

「綾香？」

「我，不對……我不是綾香。」

綾香的雙眼與唇瓣都痛苦又惶恐地震顫起來。

「我想起來了……全都……想起來了……！」

她垂視著不再具有神的殘渣，像是入睡了的菲莉雅——記憶如「催眠」解除般復甦，源源不絕地湧上腦海。

在全身虛脫的感覺中，綾香無助地緊抓劍兵的手——嗚咽著說出自己的話。

「我……不對，我不是沙條綾香！」

彷彿是在對劍兵懺悔。

像是否定自己過去的一切。

「……我……我才是……『小紅帽』。」

「『那個人』……是我殺的。」

next episode [Fake09]

CLASS ???

※以下是建立在「假定為使役者」基礎下的資料。

主人	自己
真名	伊絲塔（憑附於菲莉雅）
性別	女
身高、體重	不明
屬性	秩序、善

肌力	C	魔力	EX
耐力	C	幸運	A
敏捷	A	寶具	EX

保有技能

美之顯現：EX

降臨於艾因茲貝倫所造人工生命體的美之女神，能夠魅惑魔物、無機物甚至物理法則，對於性質相斥的冥界相關概念則不起作用。
認為人類會自動崇拜她，沒有使用的必要。
哈露莉對她死心塌地不是受到技能影響，純粹是因為女神本身的魅力。

魔力放射：A+

魅惑土地而得以直接汲取魔力，毫不保留地釋放出來。

光輝大王冠：A-

畢竟只是殘響，權能稍弱於神代的女神伊絲塔。

職階別能力

反魔力：A

單獨行動：A++
降臨於人工生命體，與其融合的狀態，行動自如。

女神的殘響：B+++
與女神神核同等，但由於並非本體，只是女神將自身存在的複製品以福（詛咒）世界的形式留下的殘響，有細微的不同。
可說是刻於星中，滿足特定條件即會自動複製自身的程序。
介於類使役者與真身之間，故只有這個等級。
基本上對精神干涉類攻擊免疫。

寶具

Jabal Hamrin Breaker
八荒跪拜天空之錘

等級：A+++　範圍：999～???　最大捕捉：???
傳說中，女神伊絲塔粉碎連諸神都要致敬的耶比夫山時，在打入槍矛之前先抓住了山頂。此寶具便是「抓住山頂」的具體化。戰錘希塔滿載魔力與權能而砸下的一擊，象徵著天空以蠻力逼迫世界下跪的威懾力。

Gugalanna Strike　Outrage
天之公牛：兇猛

等級：EX　範圍：999　最大捕捉：999
聽從女神伊絲塔差遣的最強神獸。與叫出來踹敵人一腳就走的普通天之公牛不同，能恆常顯現，化為颱風供女神差遣。這次女神並非真身，只是殘響，所以一開始神獸不在身邊。不過她仍行使不上不下的女神權能，強行拉來了其他世界線的天之公牛。或許能說是僅限這一次的女神蠻橫面化身。

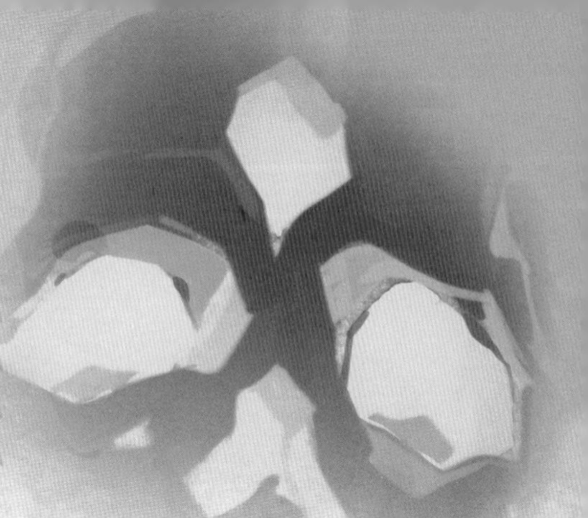

CLASS
真刺客

主人	法迪烏斯・迪奧蘭德
真名	哈山・薩瓦哈
性別	男
身高、體重	暗影不具身高體重。
屬性	秩序、惡

肌力	D	魔力	D
耐力	C	幸運	E
敏捷	C（化為暗影移動時A+）	寶具	EX

保有技能

影燈籠：A

使其與暗影同化的技能。可從黑暗中獲取周圍魔力，
只要不實體化，幾乎不需要主人提供魔力。
除非使用令咒，甚至能對主人隱蔽能力值。

幽弋：A

在初代之刃下預支死亡，使其在死後刻劃於世界的詛咒與祝福。
同時也是表示某男性個體的「死亡陰影」化為哈山・薩瓦哈之一的技能。
能以暗影之姿行動，移動到任何有陰影的地方。因此，其刀刃無法觸及純為光輝之物。
無法像煙醉的哈山那樣消除任何攻擊。

職階別能力

斷絕氣息：EX
與世界同化。僅在出擊瞬間降為A+。

寶具

暝想神經
Zabaniyah

等級：ＥＸ　範圍：１～？？？　最大捕捉：１～？？？
以英靈靈基確定消滅為發動條件。
藉由與世界之影相連，化為近似的死亡概念，再與目標同化並拖下冥府。主人死亡所導致的靈基消滅也包含在發動條件中。
雖有「初代的暗影」之稱，實際上卻是不知哪一代，哪個哈山的祕密寶具。
後世於寶具的敘述沒有一項正確，一說是與世界之影相連，藉以掌握地面萬象的能力。

後記（由於會大幅洩露本篇劇情，因此推薦在閱讀完本篇後觀賞）

好久不見，我是成田良悟。

就是這樣，這集終於有個巨星殞落了。

「好，按照原訂大綱，合力在序盤打倒她了……不對！最好是這麼快就打倒啦！又不是某某突襲戰！（撕爛原稿）」

「一定要寫出與先前描述相襯的強度……不行不行，太強啦！照這樣下來要多寫兩集才打得倒！（撕爛原稿）」

「呼……呼……那不如稍微提早，在這裡讓●●去●●，提升戰力以後……不行！●●才不會接受那麼沒品的事！（撕爛原稿）」

說是撕爛原稿，實際上是刪掉檔案啦，總之這集大概就是像這樣發生了大改三次的事件——最後還搬出安樂椅掠奪公艾梅洛二世與某徐福小兄弟的老闆有關的弩弓，才成功收復蒼穹。

另一方面，「明星與暗影」的對決構圖是寫出真刺客時就已經決定的事，這次終於寫完，總算是放下了心頭大石……！

最後各位應該也都看出，在這「Fake」的故事中有複數主幹，其中之一就是「冬木故事溢出外界之物」。

所以二世的戲分才會這麼多，不過這畢竟不是事件簿系列，就到此為止了。

接下來是他的學生以「英雄和同學」為對手，開創新未來的回合。而其他人馬這邊，綾香與劍兵的劇情步入高潮，西格瑪也終於離開幕間，正式上台亮相，選擇明著與幕後黑手對抗的路。

到了第八集，聖杯戰爭出現淘汰者，骨牌開始倒下——接下來大概還有兩集，但願各位能陪我走到最後……！

另外，這次幕間的「演員的存量還夠嗎？」原本只是臨時的章節標題，後來忘記改就交出去審查，結果被奈須老師說：「他辦到了！真的假的，那小子！竟然辦到了！」而我只能辯解：「都是這隻手不好，是它自己亂來！」可是沒人叫我住手，就偷偷讓它過去了。這是祕密喔。

後來很多審稿的人都表示：「在嚴肅場景看到『新伊絲塔神殿』會有腦子錯亂的感覺。」而作者在他們說出來之前都是一本正經地寫下新伊絲塔神殿，完全不覺得怪呢。這也是祕密喔。不對，我說謊了，到現在也是寫得一本正經喔，耶～！

然後——第七～八集之間出了一件大事（註：此處皆為日本出版狀況）。

動畫化！

沒錯，動畫化！要動畫化了！

這「Fake」系列終於要製作為特別動畫節目。本書上市時，去年末的「Fate」系列年末特集也已經發布過長達五分鐘以上的長篇ＰＶ了！本片是由執導ＦＧＯ廣告和週年動畫ＰＶ的榎戶先生與坂詰先生採雙導演制製作，ＰＶ已在網路上公開，敬請還沒看過的讀者搜尋看看……！

原本預定是以年末電視特別節目的方式，播出小說第一集部分的動畫，由於最近狀況很多，製作上遭遇許多困難，最後改訂為夏季播出。看過ＰＶ的我，被那畫面帥到變成「我等我等，再久都等」的蹦蹦跳狀態，如果各位也能一起跳……一起期待，那真是再好不過了！

以下，是向各位關係人士致謝的部分。

首先要向阿南責編道歉，這集又給您添了各式各樣且更多的麻煩。受牽連的出版社和被迫調整進度表的ⅡＶ的各位，真的很對不起。

然後是感謝各位和我用心討論「Fate」系列的關係人士，以及製作人黑崎小姐等動畫版相關人士，非常感謝你們提供美國的資料……！

感謝三輪清宗老師等Team Barrel Roll成員，替我考證特定使役者與魔術相關設定。三輪老師還加入了動畫版的魔術監修團隊，在召喚英雄王的無名魔術師的咒語等方面提供了很多幫助喔！

感謝三田誠老師替我檢查、考證事件簿這邊的角色和設定，以及給予許多寶貴意見。這次不僅是二世，連萊涅絲的對白也調整了不少……！為報答此恩情，下次的「冒險」會請您把費拉特的對白狠狠地監修一番……！

然後要感謝森井しづき老師這次也用非常棒的方式，用封面和內文插畫妝點拙作，擴展了眾角色的深度。同時也真的非常感謝您一併為動畫版的視覺和腳本方面提供寶貴意見……！

而最需要感謝的，當然是生出「Fate」這部作品並擔任監修的奈須きのこ老師與TYPE-MOON的各位，在恩奇都幕間故事方面提供協助的Fate/Grand Order製作群——以及即使等了這麼久也不吝捧起此書，讀到這裡的各位讀者。

真的太感謝各位了！

二〇二三年一月　「為ＦＧＯ英雄王和恩奇都的強化雀躍不已」　成田良悟

國家圖書館出版品預行編目資料

Fate/strange Fake/TYPE-MOON原作；成田良悟作；吳松諺譯. -- 初版. -- 臺北市：臺灣角川股份有限公司, 2023.10-

冊； 公分. -- (Kadokawa fantastic novels)

譯自：Fate/strange fake

ISBN 978-626-378-043-9(第8冊：平裝)

861.57 112013273

Kadokawa
Fantastic
Novels

Fate/strange Fake 8

（原著名：Fate/strange Fake 8）

2023年10月18日 初版第1刷發行

作　者：成田良悟
原　作：TYPE-MOON
插　畫：森井しづき
日版設計：WINFANWORKS
譯　者：吳松諺
發行人：岩崎剛人
總編輯：蔡佩芬
編　輯：楊芫青
美術設計：莊捷寧
印　務：李明修（主任）、張加恩（主任）、張凱棋
發行所：台灣角川股份有限公司
地　址：104台北市中山區松江路223號3樓
電　話：（02）2515-3000
傳　真：（02）2515-0033
網　址：www.kadokawa.com.tw
劃撥帳戶：台灣角川股份有限公司
劃撥帳號：19487412
法律顧問：有澤法律事務所
製　版：尚騰印刷事業有限公司
ISBN：978-626-378-043-9